U0948450

『水仙号』上的黑水手

〔英国〕**约瑟夫·康拉德** 著
安宁 译

译林出版社

谨将该译作献给阿焦

献给爱德华·加内特

这则关于我海上友人的故事

……上苍，在其话语中，发现了

对这艘船如此多的爱。

——《塞缪尔·裴陂思日记》

目　录

序

一部作品，不管多么卑微，只要它渴望成为艺术，就应该让自己的每一行文字，都够得上水准。艺术本身可以被定义为一心无二的尝试。它试图揭示的，是可视宇宙背后的真理，从而让人们对它有恰如其分的认识。这真理潜藏在宇宙的每一个可视面之下，它既是千变万化的，又是始终如一的。艺术希图在宇宙的样态、颜色、光泽和暗影中，在事物的方方面面、生活的万千形态中，找到每个现象的本质，找到精华和恒久不变的东西，即事物启发人、令人信服的品质，亦即其存在的真相。艺术家就像思想家和科学家一样，追寻真理，一路渴求。当被世界的模样触动时，思想家会扎进概念里，科学家会投身于事实里；不久，他们会从概念或事实中探身而出，求诸我们生命中的某些素质——那些最能够帮助我们适应危险生活的素质：他们以不容置疑的语气谈论常识，智识，静躁趣舍，并时而谈论偏见，兼及恐惧，且每每触及自我主义——尤其是轻信。[①]我们带着崇敬倾听他们的话语，

① 此处采用龚刚先生译文。——译者注

因为他们关心的都是重要的问题，比如心灵的修养、身体的呵护、抱负的实现、途径的完善、宝贵目标的荣光闪耀，等等。

对于艺术家，却是另一番光景。

面对同样谜一般的景象，艺术家则沉入自我。如果他够好又足够幸运，会在那个充满压力和斗争的孤独场域，发现自己的诉求所应具备的条件。艺术家诉诸我们本性中那些不太显眼的能力。由于战争般的生存境况，我们本性中的这些能力，需得隐蔽在视线之外，藏在更沉稳、更坚韧的品质背后，就如脆弱的躯体需要钢铁铠甲的保护。艺术家的诉求没有那么大声，却更深沉；不是那么清晰，却更激动人心；会更快地被遗忘，影响却可以长久。一代又一代的人在学识上发生着变化，他们丢弃着一些想法，质疑着一些事实，推翻着一些理论。艺术家，求诸我们生命中天赋而非习得的部分；这一部分并不依赖于我们的学识，也因此得以持久。他求诸我们喜悦和惊奇的能力；求诸围绕在我们生命周围的神秘感；求诸我们的怜悯、美感和痛感；求诸我们与一切事物之间潜在的情谊；求诸一个微妙的、无法征服的信念，即坚信天地万物休戚与共，是休戚与共的情感把无数孤独的心灵系连在一起；求诸我们的梦幻、喜悦、悲伤、追求、幻象、希望和恐惧中的息息相通，是这份共通的情感把人和人系在一起，把所有的人性系在一起——把往生者与在世者系在一起，把现世者与未出生者系在一起。

在某种程度上，就是这样的思绪或者情绪，可以用来解释这部小说所蕴含的目标和尝试。该小说试图呈现被忽略的、手足无措的、纯朴的、沉默的人群中的几个无名的个体，呈现其生命中一段饱含不安的插曲。如果前面坦陈的信念中有一丝真实，地球上任何一个辉煌的处所或黑暗的角落，都当得起惊奇和怜悯的一瞥，这个动机或许可以为小说的内容辩护。这篇序言只是为了表明这样一份尝试而做的一个声明，但它还不能结束，因为声明尚不完整。

小说——如果它真的渴望成为艺术——诉诸性情。事实上，它必须如此，就像绘画、音乐和所有的艺术，都是一种性情诉诸其他无数的性情。它微妙、无法抵御的力量赋予流逝的事件以真意，创设出此时此地精神和情感的氛围。这样的诉求，如果要做到有效，就必须通过感官来传达印象；事实上，别无他途，因为性情——不管是个体的还是集体的——都不服从规劝。因此，一切的艺术，首先诉诸人的感官；当艺术的目的通过文字来表达的时候，如果它崇高的欲求是要触及情感反应的秘密源泉，那它也需要诉诸感官。文学必须努力追求雕塑的可塑性、绘画的色彩性和音乐神奇的暗示性——音乐是艺术中的艺术。只有通过完全地、坚定地献身于形式与内容的完美融合，只有通过坚韧地、始终不渝地关注句子的形式和感觉，才能捕捉到事物的可塑性和色彩；神奇的暗示性所具有的光，才可以短时照亮词语平凡的表面：那些古老又陈旧的词语，那些被磨损了的、被经年累月粗心大意的使用毁坏了的词语。

为完成创作任务而真诚努力，在创作的道路上尽力前行，在前进的路途中不动摇、不倦怠、不怕批评，这些是文学家的本分。饱含智慧的人们，会希求即时的效益，会明确要求得到启发、安慰和乐趣，会渴求立刻得到提升和鼓励，或者受到震撼和惊吓，或为之着迷；面对这些要求，如果一位文学家的良心清白，他会做如下回答：我试图完成的任务，是通过书写文字的力量来让你听到，来让你感受到——但最重要的，是让你看到！这就是一切，没有别的！如果我成功了，你会从中找到自己应得的——鼓励、安慰、恐惧、魅力——所有你要求的东西；或许，还有另一样你忘记要求的东西——对真相的一瞥。

如果能够在鼓足勇气的一瞬间，从奔流不息的时间长河中抓取生命流逝的片段，这只是任务的起点。真正的任务，是无条件地、温柔而忠诚地、毫不畏惧而又别无选择地把采撷到的碎片举起来，以至诚之心给所有的人看，展示出它的律动、色彩和形体；通过它的运动、形体和颜色，揭示其真相和实质——显露其激动人心的秘密：在每一个令人信服的瞬间，都有其核心处的紧张与激情。如果作家人好又幸运，在这种一心不二的尝试中，或许会在偶然间获取明明白白的赤诚，使得所呈现的遗憾或悲悯、恐怖或欢乐的景象，终至唤醒旁观者心中那无可回避的休戚与共；

这种休戚与共的情感有着神秘的源头，它存在于劳苦中、喜悦中、希望中和无法确知的命运中——它把人和人结合在一起，把人类和可视世界结合在一起。

显然，无论正确与否，一位坚持上述信念的作家，无法忠实于任何一种临时性的创作准则。这些准则中的持久部分——那些没有被完全遮蔽的真相——则应该作为最宝贵的财富被他持守。但是，所有这些神衹，包括现实主义、浪漫主义、自然主义，甚至是非正统的感伤主义（感伤主义犹如贫穷，极难摆脱），都必须在与他短暂相伴之后舍弃他——甚至就在神殿的门口——继而由他自己的良心磕磕绊绊地言说，让他经受自己作品中那些直言不讳的困顿。在这心神不安的孤独里，为艺术而艺术的呼喊，似乎也失去了它表面上的伤风败俗所带给人的兴奋感，这听上去很遥远，甚至于不再是呼喊，而只像是耳语，还常常令人费解，但时不时地，也隐隐能够让人感受到它鼓舞人心的力量。

有时候，安逸地躺在路边的树荫里，我们会无意中观看远处田地里劳作的人，看他肢体的机械运动。看过一会儿之后，我们会懒懒地想知道：那人在干什么？我们会观察他肢体的动作和挥舞的手臂，看他弯身、站起、犹疑，再度开始。如果知道他所为何事，无疑会为无所事事的时光增加些许乐趣；如果知道他是要抬一块石头、挖一条水渠，还是掘一个树桩，还会带着更真实的兴趣观望他的努力。我们会轻易宽恕他在宁静的大地上搅起动静，甚至带着兄弟般的心情，原谅他的失败。我们明白他的目标，毕竟，这伙计努力了，或许他气力不够，或许他不懂行。我们宽恕，然后继续我们的路，继而忘却。

在艺术中劳作的人，亦如此。人生苦短，艺术无涯，成功遥遥无期。因此，在怀疑自己是否有力气走那么远的时候，我们稍谈一下目标——艺术的目标；它就像生命本身，激动人心但也艰难——时常被薄雾遮挡。一个胜利得出的结论，会有它清晰的逻辑，但艺术的目标不在这个逻辑里；大自然会有一些无情的律令为人所揭示，但艺术的目标不在这番揭示里。艺术的目标同样伟大，只是更艰难。

如果能在一息之间，让在土地上劳作的手停下来；如果能迫使那些为远方的目标着迷的人看一眼周围的景象，看一下周围的形体和色彩、阳光和阴影；如果能够让他们停下来看一眼、发出一声叹息、露出一个微笑——这就是艺术的目标，艰难且转瞬即逝，只留待少数几个人去达成。但有时，即使是这么难的任务，也可以由那些有才德且好运的人来实现。当目标达成的时候，瞧吧！生命所有的真相都在这里：瞬时的憧憬、叹息和微笑——复归于永恒的歇止。

第一章

贝克先生是商船“水仙号”上的大副。他一步跨出自己明亮的船舱，迈进了后甲板的黑夜里。在他头顶上方，守夜的水手站在艉楼的楼梯口，敲了两下钟[①]。九点了。贝克先生大声问上面的人：“诺尔斯，人手到齐了吗？”

那人一瘸一拐地下了楼梯，若有所思地说：“我想是的，长官。原班人马都在这儿了，又来了许多新人。所有的人应该都到了。”

“告诉水手长把人叫到船尾来！”贝克先生继续说，“再叫个年轻人拿盏亮一些的灯来，我点一下名。”

船尾主甲板上很黑，但前甲板居中的地方是艏楼，门开着，射出两束耀眼的光，切开了盘踞在船上的静谧的夜影。艏楼里传出嘈杂的声音，在被照亮的门口两侧，时不时地出现移动的人

① 在当时的船上多以敲钟报时。敲钟的响数和对应的时间分别为：一响表示 12:30，4:30，8:30；两响表示 1:00，5:00，9:00；三响表示 1:30，5:30，9:30；以此类推，最多为八响。——全书脚注均为译者注，下文不再说明。

影。人影很黑，是扁平的，仿佛是用锡铁片剪出来的。商船已经为出海做好了准备。就在钟敲五下的时候，木匠把主舱口板条的最后一块楔木钉了进去，他扔下大木槌，非常谨慎地抹着脸上的汗。甲板已经打扫干净，绞盘也已经上好了油，为起锚做好了准备。大拖缆绕成了大大的圈，沿主甲板的一侧放着，它的一头已经被拖起，悬在了船头外面，为拖船做好准备。明天一早，燥热的、喷着烟的拖船会噗吐噗吐——随着吵人的嘶鸣声一路驶来，搅乱清晨的清凉与平静。船长上岸了，去招募新的船员，让船满员。一天的工作结束之后，船上的副官们不见了踪影，他们难得有喘口气的机会。天黑不久，放假上岸的几个水手和新的船员陆续乘岸边小船到来。划船的是身穿白衣的亚洲人。船还没靠近舷梯，他们就拼命吵嚷着索要报酬。狂热、尖锐而又模糊不清的东方语言，对抗着微醺的船员居高临下的口气。船员用污秽的喊叫驳斥无耻的索求和不厚道的谬望。华美、辰星闪耀的东方和平，被愤怒的大吼、失望的尖叫撕成了肮脏的碎片，就为了五安那[①]到半卢比的小数目。而孟买港的每一个灵魂也都意识到了：“水仙号”上的新水手在登船。

渐渐地，吵嚷声弱了下来，小船不再三五成群地一起激水而来，而是单个地送水手上船，划船的人也改用压低了的嗡嗡声劝求，但被干脆利索地呵斥道：“一分也不能多！见你的鬼吧！”

① 安那，旧时印度货币名称，为十六分之一卢比。

发出怒斥的人摇摇晃晃地上了舷梯——看样子是个黑人，肩上扛着一个长长的袋子。在艏楼里，新来的人有的站着，有的在捆绑的箱子和成捆的寝具中间摇晃。他们和老船员寒暄着。后者或上或下地坐在双层铺位上，盯着未来的同船伙伴，目光挑剔但却友好。两盏艏楼的灯被开得很亮，射出耀眼的强光。岸上戴的圆帽被推到了后脑勺，或者是滚落到了甲板上的锚链中间，白色的衣领解开来，直立在红红的脸膛两侧，白色衣袖里滚圆的臂膀比画着。在一阵阵的笑声和嘶哑的喊叫声中，起伏着隆隆的咆哮声。“嘿，伙计，睡这边！……为什么不呢？……你上一艘船是？……我知道她[①]。……三年前，在普吉特海湾。……我告诉你，这里的舱位漏水！……来吧，帮忙挪一下箱子！……你们这些岸上的有钱人，有没有带瓶酒来？……给点烟抽吧！……我知道那艘船，她的船长把自己往死里喝。……他是个花花公子！……喜欢酒儿穿肠过，就是这样！……不是这样的！……伙计们，别吵！……我告诉你啊，你上的那艘船，是个妓院。他们在可怜的杰克身上花钱买乐！都干些什么，就不用说了……”

有个个头矮小的家伙，叫克雷克，别名贝尔法斯特。他从自己的立场出发大肆渲染，猛烈攻击“水仙号”，想让新来的仔细

① 在西方，通常用女性来指称船，没有特定的解释，但有一些通常的说法，比如：水手都是男性，船是他们爱的对象；船就像女性捉摸不定；船又像一位母亲在大海上护佑着水手，等等。

掂量掂量。阿奇斜坐在储物箱上，不让自己的膝盖挡路，安稳地在一条蓝色的裤子上缝了一块白色的补丁。穿黑色夹克、白色立领的人和光着脚、打着赤膊、花衬衣里露出毛茸茸胸脯的人搅和在一起，在艏楼中间相互推搡着。在烟草升腾起的云雾里，一群人摇晃着、踉跄着，犹如在混战，而且会突然转而攻击自己人。所有的人都在大声说话，每句后面都接着诅咒。一个俄裔芬兰人，身穿一件粉色条纹的黄色衬衫，两眼像做梦一样，透过一头蓬松的乱发，朝上呆望着。有两位年轻的巨人，是北欧人，他们长着光滑的娃娃脸，面带笑容，沉默不语。他们一边相互帮着铺床，一边静静地听着那些并无恶意、空洞且狂风暴雨般的诅咒。老辛格尔顿，是船上年龄最大的一级水手。他独自一人坐在灯下，赤裸着上身，强有力的胸脯和巨大的肱二头肌上都绘着文身，像个野蛮部落的酋长。在蓝红相间的文身图案中间，白色的肌肤像绸缎一样发着光。他光着背，靠着船首斜桅的底部坐着，伸着胳膊举着一本书，遮住了他大大的、黝黑的脸膛。他戴着眼镜、蓄着让人望而生敬的白胡子，如同一位野蛮部落博学的族长——一尊原始智慧的化身，在亵渎神灵的俗世漩涡中保持着恬淡和宁静。老水手在非常专注地看书，每当翻页的时候，可以看到他粗犷的面容上掠过严肃的惊讶神情。他读的是《佩勒姆》。布沃尔·利顿[1]会在南下商船的艏楼里流行，是个神奇怪异的现象。他词藻华美，不真诚到令人称奇，这样的文风在水手心中唤起的是什么呢？这些思想单纯的大孩子，浪迹在地球上不为人知的地方，居无定所。在他典雅的冗词长句中，水手们粗犷、不谙世事的灵魂找到了什么意味、寻到了什么刺激、感受到什么样的遗忘、得到了什么样的安抚呢？这真是个谜！是为了不可理解之物而着迷吗？还是因为不可能之事所具有的魅力？抑或这些生存在生活之外的人，被利顿的故事打动了，犹如看到一个谜一样的世界被揭开：它绚丽辉煌，存在于恶行与污秽的国度，身处在泥垢与饥饿、痛苦与消耗的境内，溢落到陆地的边缘，包围住不可腐蚀的大海。这海，是水手们对生活唯一的认识，是他们唯一看到的包围陆地的东西。水手，是大海的终身囚禁者。利顿为何会让他们着迷呢？这真是个谜！

老辛格尔顿十二岁的时候，开始了南下的航程。在过去四十五年间，他在岸上待的时间，加起来不到四十个月（这是根据他的档案算出来的）。辛格尔顿因为好好渡过了生命的漫长岁月，具有了一种温和的自持，流露着自信与安详。他夸口说，一般情况下，从自己在一艘船上结清薪水，到登上另一艘船期间，他很少分得清白天和黑夜。此时，老辛格尔顿正不为所动地坐在

① 布沃尔·利顿（Bulwer Lytton, 1803—1873），英国政治家、评论家、诗人，多产的小说家。

说话与叫嚷声中，一字一字费力地读着《佩勒姆》，他专注地沉迷其中，如同发呆。老辛格尔顿呼吸均匀，每当他用那双巨大的、被晒黑了的手翻动书页的时候，手臂上的肌肉就在光滑的肌肤下轻轻滚动。他的双唇上沾有烟草汁的颜色，这烟草汁又顺着流到了他的长胡子上。他默默念着书上的字，模糊的双眼透过闪光的黑边眼镜，紧紧地盯着书页。在辛格尔顿对面，船上的猫坐在绞盘桶上，正冲着他的脸，那姿势像一只蹲伏的喀迈拉[①]。猫眨着绿眼睛，看着自己的老朋友。它好似在盘算如何跳过坐在辛格尔顿旁边的普通水手弯着的背，跃到辛格尔顿的怀里去。那个普通水手是年轻的查理，脖子长长的，人很瘦，背上的算盘珠就像旧衬衫下隆起的一串小山丘。查理有一张街头男孩的脸，精明、少年老成，带着些许讽刺，下巴两侧有深深下垂的纹路，大大的嘴巴低下来，抵在瘦骨嶙峋的膝盖上。他在用一截废旧的绳子，学打绳结。查理额头上渗出细小的汗珠，时不时地猛吸几口气，两眼透着焦躁，对着手里的活自言自语，还不时地用眼角余光瞥一下老水手。老辛格尔顿却并未留意到这个困惑的年轻人。

吵闹声更大了。在艏楼沉闷的燥热里，矮小的贝尔法斯特好像被诙谐的怒气煮沸了。他目光跳跃着，涨红的脸像一张面具，滑稽可笑，嘴巴张得大大的，像个黑洞。他不断扮着怪相。有个朝贝尔法斯特叉腰站着的人，衣服脱到了一半，笑得前仰后合，

① 喀迈拉（chimera），狮头、羊身、蛇尾的雌性怪物，能吐火。

睫毛上挂着笑出的泪水，其他人则惊奇地瞪着贝尔法斯特。有些人躬身坐在上铺，抽着短烟袋，棕色的赤脚荡来荡去，有些人则趴在下层的储物箱上。大家都在听，有人憨笑，有人嗤之以鼻。还有人从铺位的白色栏杆里探出头来，眨巴着眼睛，但身体隐藏在铺位的暗处。那铺位，如同刷得白白的、照得亮亮的狭窄壁龛，跟太平间里的棺材很相似。嗡嗡的声音再度升级。阿奇紧闭着嘴巴，又缩了一下身体，仿佛缩进了一个更小的空间中。他安静地缝着补丁，看上去勤奋、沉默不语。贝尔法斯特尖叫着，就像被附体的托钵僧[①]："伙计们，我就是这么对他说的，我说：'对不起，长官！'我对那艘船上的二副说：'对不起，长官！但我想，商会那帮人在给你颁发证书时，一定是喝多了，要不你怎么这么烂！''你！你说什么？'二副像头疯牛一样朝我冲过来，他穿着白制服。我呢，一把抓起焦油桶，整个扣在了他那张该死的、可爱的脸蛋上，还有那可爱的白夹克上。'接招吧！'我说，'我怎么都还是个水手！而你是个四处打探、毫无用处的船长跟屁虫，是根一冲就垮的大桥柱子！''这就是我，堂堂正正的男子汉！'我大喊。你们真该看看桶扣下去的时候，他是怎么蹦跳着的！浑身被浇透，焦油糊了眼，他真是惨死了！所以……"

"千万别信他！我当时在场，他根本就没浇什么油！"有人喊道。两个北欧人并肩坐在储物箱上，很平和，很相像，如同栖

① 托钵僧，伊斯兰教僧侣，云游布道、托钵乞食，部分以狂舞闻名。

在高枝上的两只爱情鸟，睁着圆圆的眼睛，无辜地观望。但那个俄裔芬兰人，却在爆炸声般的喊叫里、此起彼伏的大笑里傻站着，呆滞而无趣，就像一个没有脊梁骨的聋子。离他不远处，阿奇看着自己手里的针，微笑着。吵闹声好像耗尽了自己的力气，平息下来，一个宽胸脯、眼神不怎么好的新水手，故意对贝尔法斯特说："真奇怪，船上有你这样的人，副官们竟然还活着！看得出来，伙计，经过你调教，这艘船上的副官们不赖了！"

"不赖！……不赖！"贝尔法斯特尖声喊叫着，"要不是我们抱成团，他们能不赖？这些黑心肠的人，是没抓住把柄，要抓住了把柄，有你瞧的！"他嘴里喷着沫，胳膊挥舞着，突然笑了，从口袋里掏出一片黑烟草，很搞笑地狠狠咬下一口。另有一位新水手，目光狡诈，一张黄脸像把斧头。他原本站在艏楼中间储物柜的阴影里，张着大嘴在听，此时用尖利的声音评论道："哎呀，不管怎么说，这是返航。好还是不好，我都能顶住，只要能到家就行。等着瞧吧，我保得住自己的权利！"

所有的人都把头转向了他，只有那个普通水手和猫未加理会。新来的人叉腰站着，他个头矮小，长着白睫毛，看上去好像经历过所有屈辱和愤怒。他好像被人掴过脸、踢踹过、在泥里打过滚，还像是被挠过、被吐过痰、被用难以启齿的污秽物一个劲地往身上砸过……而他，带着安全感冲着四周的脸微笑。他的呢帽被砸扁了，帽子的重量压弯了耳朵，黑色的大衣衣角被撕碎了，像流苏一样拍打着小腿。他解开了大衣上仅剩的两颗扣子，水手们看到他里面没穿衬衣。他的这番光景，大概是罪有应得。他的破衣烂衫，没有人会穿，挂在他身上，也像是偷来的。他的脖子又细又长，眼皮发红，下巴上有几根稀疏的胡子，双肩消瘦、佝偻着，如同鸟儿折断的翅膀。他整个身体的左侧结着一层泥巴，应该是在泥沟里睡过觉。据他说，自己一时糊涂加入了一艘美国船，恰才逃出来，从而拯救了自己这具无能的残骸，免于暴死。

他在岸上的当地人中间混了两个星期，讨酒喝、挨饥受饿、睡在垃圾堆上、在阳光里闲逛，如同一个从噩梦里走出来的不速之客。在突然静下来的艏楼里，他令人厌恶地站在那里，微笑着。洁白干净的艏楼，将是他的避难所。在这里，他可以偷懒，可以耍赖、撒谎，有吃有喝尚且诅咒吃下的食物；在这里，他可以展现逃避工作、欺骗、乞讨的天分；在这里，他也一定可以找到能够用甜言蜜语哄骗的人，和可以被他欺凌的人；他会做着这一切，而工钱照拿不误。所有的水手都知道他这类人的德行。在地球上，会有一个地方缺少这样的人吗？他们就像不吉利的幸存者，证明着谎言和厚颜无耻的永恒可适性。

有一位沉默寡言、长手臂、手指钩曲的老水手本来躺在床上吸烟，这时侧过身来冷冷审视着新来的人，然后，越过这个人的头顶，使劲朝着门口啐出一口长长的口水。他们太知道这种人了！他不会掌舵、不会捻绳子，在黑夜里逃避工作；爬到高处的时候，会发疯地手脚并用搂住桅杆；他会诅咒风、诅咒冰雨、诅咒黑暗；别人都在工作，他在那里咒骂大海。当所有水手都被召集的时候，他会是最后一个到，但却是第一个走的人。他是那个多数事情不会做，余下的事又不愿做的人，是善人和追逐私利的新水手的宠儿。这个富有同情心、功勋卓著的人对自己的权利一清二楚，对勇气、坚韧、无言的信任和忠诚——这些把船员们团结在一起的品质——却一无所知。他是贫民区里卑贱的自由且不受约束的产物，对海上艰苦的劳役充满不屑和痛恨。

有人冲他喊："你叫什么名字？"——"唐金！"他回答道，嬉皮笑脸、恬不知耻地观望着四周。——"你是干什么的？"另一个声音问。——"这还用说，伙计？跟你一样，水手啊！"他想用爽朗的腔调回答，但听上去粗鲁不恭。——"你看上去糟糕透了，比遭了大火的消防员还寒碜人。要是我说得不对，就当我没说！"有人不服地咕哝道。查理抬起了头，尖声唱道："他是个爷们儿，他是个水手！"然后用手背擦了擦鼻子，继续俯身打他的结。有几个人笑了，其他人狐疑地观望着。衣衫褴褛的新人非常恼怒，咆哮道："真是欢迎新船友的好办法！你们是人，还是一群粗俗的野人？"——"伙计，你不能把上衣脱下来再说话吗？"贝尔法斯特冲他喊，还一边跳到了他面前，带着暴躁和恐吓，但同时也是友善的。"这里黑到你看不见了吗？"那位不可战胜的稻草人反问，并故作惊讶地左顾右盼，"你看不见我没穿衬衫吗？”

他伸出双臂，交叉着，夸张地抖动着挂在他骨架上的破布片。“知道为什么吗？”他继续大吼道，“因为我敢捍卫自己的权利，那些歹毒的美国佬要打出我的肠子。我是个英国人，这就是我！他们一起打我，我就跑。这就是为什么我成了现在的样子。你们没见过遭难的人吗？我彻底破产了，一无所有：没有包、没有床、没有毯子、没有衬衣——除了身上的这些，我连片该死的破布都没有。但我有勇气对抗美国佬！你们没有人发发善心，给同船的朋友条裤子穿吗？”

他知道如何对付这群人的天真本性。没多大会儿，他们就给予他同情，有的打趣着，有的带着轻蔑，有的则有些粗鲁，首先扔到他身上的是条毯子。他站在那里，只有四肢的白皮肤，透过黑色的破布片显示出他还有人样儿。然后，有一双旧鞋落在了他的泥脚旁。随着一声叫喊“下面的，小心了”，有一条卷起来的裤子，粘着重重的焦油，打在了他的肩膀上。水手们的善行如一阵风，在他们狐疑的心中，激起一波感伤的同情，他们被自己减轻船友痛苦的意愿感动了。不同的声音喊道：“我们要把你装备好，老伙计！”有些人在窃窃私语：“从来没见过这么惨的事，可怜的叫花子！……我有一件旧汗衫，你用得着吗？拿去吧，朋友！”这些友善的低语声填满了艏楼。

新水手光着脚，用他的爪子四处抓取，把东西堆成了一堆，然后四处巡视，想要更多的施舍。感情含蓄的阿奇，敷衍地在那一堆之上，贡献了一顶棉布的旧帽子，但帽顶已经被撕掉了。老辛格尔顿继续读着书，沉浸在小说平静的氛围里，未加理会。查理则因他少年老成的智慧而有些无情，尖声叫道："如果你的新制服需要铜纽扣，我这里有两颗！"那位全体船员慈善的对象，粗鲁不堪，朝着年轻的查理挥动着拳头。"臭小子，我要让你滚出艏楼！"他恶狠狠地怒吼，"小心点！我要教你怎么尊重一级水手，你这头蠢驴！"他眼露凶光地怒视着，但看到辛格尔顿合上了书，他狡黠的眼珠子开始四处寻找铺位。——"睡门口那张吧，挺不错的！"贝尔法斯特建议道。新来的水手听从建议捡起了脚边的礼物，搂作一团抱在胸前，然后谨慎地看了一眼俄裔芬兰人。那人目光空洞地站在一边沉思着，大概是在思索萦绕在他们整个民族心头的某个幻象吧。"北欧佬，让开！"美国人暴行的牺牲品吼道。芬兰人没有动，就像没听见。"让开，该死的！"那人又喊道，用胳膊肘推搡他，"滚开，你这该死的聋子，哑巴一样的傻瓜，滚开！"芬兰人踉跄了一下，恢复了平衡，无声地盯着说话的人。——"这些该死的外国佬，就该被踩在脚下！"温和可亲的唐金向水手们发表自己的见解。"你要不教他们，他们就不知道自己的位置，随意欺负人。"他一下子把自己所有的东西丢到铺位上，用狡黠的目光再次估算了风险，然后冲向了芬兰人。那人站在那里，忧郁而木讷。——"你敢四处招摇，让我来教训你！”唐金大叫道：“我要挖出你的眼睛，你这个十足的傻瓜！”此时，多数水手都已经上了床，整个艏楼的空场都是他俩的了。一文不名的唐金有了新进展，一下子引起了大家的兴趣。他挂着身上的破布片，在惊讶的芬兰人面前跳来跳去，隔着一段距离，朝着那张阴郁、无动于衷的脸叫板。有一两个人带着鼓励的语气喊：“大白塔，上！”然后很奢侈地躺在床上观战。另有些人喊：“别吵了！……去找个袋子把你们的头罩起来吧！……”艏楼里又起了喧闹声。突然，绞盘棒在头顶的甲板上重重地敲起来，在艏楼里激起隆隆的响声，就像发射了一枚枚的小加农炮炮弹。然后，门外响起了水手长的声音，他说话的时候，慢吞吞地拖长了调子，但带着命令的口吻：“下面的人，听到没？船尾集合！船尾集合点名！”

人们因为惊讶，瞬时静了下来。然后，水手们在翻身下床的时候，脚板重重地落到地板的木条上，艏楼的甲板上到处都是赤着的脚。有人翻着床单找帽子，有人打着哈欠系腰带，有人匆匆忙忙把吸了一半的烟斗在木头上磕灭，塞到枕头底下。有人低声咆哮道：“什么事啊？让不让人休息？”唐金尖声叫嚷：“如果这艘船上是这么办事的，我们得把规矩改改。等着瞧吧，我要马上……”人群里没人理他。船员们三三两两、摇摇晃晃地出了门。这是典型的商船水手的样子，他们很难像陆居人那样，规规矩矩地走出门，船在摇晃，他们也得跟着晃动。辛格尔顿挣扎着穿上了夹克，终于也走了出来，他高大、带着慈父般的神情，高昂着饱经风霜的智者的头颅，壮硕的身躯像一位年长的运动健将。在空荡荡的艏楼里，只有查理还留在明晃晃的灯光里。他坐在两条铁链之间，链条伸进眼前狭窄的黑暗里。查理努力拉扯着手里的几股绳子，急匆匆地想要把结打成，但突然一下子惊醒了，猛地把绳子扔给猫，然后一跳一跳地跟在猫身后，但那猫镇静地跳过，走掉了，尾巴在身后又直又硬地竖立着，像根小小的旗杆。

离开了明晃晃、热得蒸人的艏楼，水手们被静谧、纯净的夜包围了，它的气息宽慰人心。温热的空气在星空下流动，繁星布满了主桅杆头的夜空，犹如薄薄一层发光的云尘。在靠近小镇的水面上，漆黑的水面上布满了一缕缕光的条纹，它们在浅浅的涟漪上温柔地起伏，就像冲上岸边并在那里扎根的细浪。另有一排排灯光，在远处整齐地站立着，好似在高耸的建筑物中间列队，接受检阅。但在海港的另一面，黑魆魆的山峦高耸起黑色的脊背，在这脊背之上，此处或彼处闪耀着一颗星，就像从夜空坠落的一粒星火。在远处，朝向拜库拉的方向，码头门口的电灯亮着。电灯的功率很大，又被开到了最亮，发出令人目眩的光。那僵硬的光，犹如邪恶的月亮捕获的俘虏。锚地泛着暗黑平滑的光，遍布四周的是停靠在该地的船。她们在微弱的锚灯下，静静地漂荡着，若隐若现，不甚分明却又庞大笨重，就像巨大奇怪的建筑遭人废弃，陷入了长眠。

贝克先生正在舱门前点名。水手们蹒跚踉跄着走过主桅，看到船尾处大副圆圆宽阔的脸膛，他拿着一张白纸。在他肩头，有一颗瞌睡的脑袋，眼皮在打架，那是船上的学徒。学徒伸长了手臂，举着一盏明亮的球状的灯。没等甲板上赤脚拖行的脚步声停下，大副就开始喊人名了。他的声音清晰严肃，正适合此时的点名。接下来会是不平静的孤寂，无名且不光彩的搏斗，还有那些更让人难以忍受的对小小嗜好的剥夺，以及令人疲惫的职责。当大副喊出一个名字的时候，其中一个人就会回答："到！长官！"或者："来了！"这人一边答话一边离开众人，赤脚走进灯光里。水手们站在右舷墙的黑暗里，只有众人的头显现在这黑暗之上，影影绰绰。已经答"到"的人，会轻轻地迈出两步，站进后甲板左舷墙的黑暗里。水手们答"到"的声音大有不同：有的低沉，有的清脆且带着唱腔，而有的则让人觉得好像整件事都是对感情的折磨，用了一种受伤的语气。在商船上，规矩不是那么讲究，人们的等级意识淡薄。大家都觉得在大海一望无际的冷漠和工作一丝不苟的严苛面前人人平等。

贝克先生稳健地点着名："汉森——坎贝尔——史密斯——瓦米波。哎，瓦米波，怎么了？你怎么不答到？每次都要叫两遍！"芬兰人好不容易发出一声笨拙的咕哝声，迈步向前，经过了那片光。他衣着怪异花哨，那张脸好像个梦游者。大副点名的速度加快了："克雷克——辛格尔顿——唐金……噢，老天！"

那个破衣烂衫、令人难以置信的人形出现在灯光里，贝克先生忍不住惊叫了一声。那个形体停了下来，它龇牙咧嘴、恶毒地笑着，露出了惨白的牙龈和长长的上牙：“有什么不对劲吗？大副先生！”它问道，故作简洁的语气里透着傲慢无礼。在甲板两侧都可以听到压低了的窃笑声。“没什么，站到那边去！”贝克先生低声咆哮道，一双沉着的蓝眼睛死死地盯着这个新水手。唐金一下子从灯光中消失，站到了点过名的水手中间，感受着背上的拍打，听着低声的恭维：“他不害怕！他会给他们好看！不会才怪呢！……定期观看《潘趣与朱迪》[①]的表演。……你有没有看到大副被他吓了一跳？……痛快！天杀的，我就不敢！……”

最后一个人也站过去了，出现了片时的沉默，大副仔细地看着手里的名单：“十六，十七！”他嘟哝道。“水手长，还少一个人！”他大声说。那个大块头的英国西南郡人就在他肘边，皮肤黝黑，长着大胡子，像个西班牙巨人。水手长用隆隆的男低音说：“长官，我看过了，已经到的都在这里了。还有一个人没上船，但可能天亮前会出现。”——“嗯！他可能来也可能不来。”大副评论道，“看不出最后这个名字是什么，一片模糊。……好了，伙计们！点完名了，可以下去了！”

一群人本来安静地站着，轮廓清晰，这时动了起来，散开了，往前走。

---

① 英国传统滑稽木偶剧。

“等等！”一个低沉响亮的声音喊道。

人群一下子站住了。贝克先生本来打着哈欠转过了身，又一下子转了回来，惊得张大了嘴。过了好一会儿，才愤怒地问：“怎么回事？是谁说‘等等’？什么……”

他看到一个高大的身影站在护栏上。那身影跳了下来，穿过人群，脚步沉重地朝着后甲板的灯走来。那个洪亮的声音又一次坚持道：“等等！”灯光照亮了来人的身躯，他很高，头都到了救生艇的影子里。救生艇被放在甲板上方的滑轮上。来人的白眼球和他的牙齿发出清晰的光，但脸却看不清楚。他的手很大，像是戴着手套。

贝克先生毫不畏惧地走上前，问道：“你是谁？胆敢……”

挑灯的学徒跟大家一样吃惊，他举高了灯，照到了那个人的脸，是张黑人的脸。人群发出惊讶的嗡嗡声。声音很低，听上去像是压低了的喃喃自语：“黑鬼！”这声音在甲板上跑了一圈，逃到了夜空里。那黑人像是没听到。他站在那里，原地不动，保持着平衡。过了一会儿，他很平静地说：“我的名字叫韦特①——詹姆斯·韦特。”

“哦！”贝克先生恍然大悟。然后，使劲憋了几秒钟后，他爆发了：“啊！你的名字是韦特。那又怎么样？你想要什么？你在这里大喊大叫，是什么意思？”

---

① 黑水手的姓是“Wait”，意思是“等待”，音译是“韦特”。

黑人镇定冷静，高人一等，目无下尘。水手们靠拢过来，站在他身后，他比最高的人还要高出半头。黑人说道：“我是这艘船上的。”他的话有似宣言，声音温和，用词准切，那低沉轰鸣的声音和语调毫不费力地填满了甲板。这个人天生傲慢，毫不掩饰地蔑视他人，好似从他六英尺三英寸的高度，已经洞悉了广漠的人类愚行，并且下定决心不去苛责。他接着说：“船长今天早上雇了我。我没法更早登船。爬上舷梯的时候，我看到大家都在船尾，马上知道是在点名。自然地，我就喊出了自己的名字，以为名单上会有，您会明白。显然，您误解了。”他戛然而止。围绕在他周围的愚蠢令他生厌，而他一如既往地正确，也一如既往地宽以待人。那倨傲的声音停了下来，喘着粗气。他静静地站着，被一群白人围着。他在白晃晃的灯光里高昂着头，这头的做工非常有力，深的阴影与亮的闪光对比分明。是一颗威武而又奇丑无比的头，嵌着一张深受折磨的扁平的脸，那脸悲惨而凶狠，犹如一张面具，遮掩着黑人灵魂中的悲痛、神秘和冷漠。

贝克先生恢复了平静，又仔细地看了一下名单，说道：“哦，是的，的确如此。好吧，韦特，把你的行李搬进去吧！”

突然，那黑人的眼睛疯狂地转了起来，只剩下眼白。他用手捂着身体的一侧，咳了两下，那咳声仿佛有金属般的质地，空空荡荡，大得可怕。它回响着，就像密室里的两起爆炸声，响彻天穹，舷墙上的厚钢板好似也跟着一起颤动。然后，他和其他人一起向前走去。副官们没有即刻离开舱门，能听到他说："你们中就没有人帮忙搬行李吗？有一个储物箱，还有一个提包。"他的话非常响亮，语调平缓，整个船上的人都能听到。他提出问题的方式，让人无法拒绝。搬着重物的细碎脚步向前走去，但黑人高大的身躯站在一撮矮小的人中间，在主舱门口逗留。副官们听到他又问："你们的厨师是位有色人种的先生吗？"然后是失望、不赞同的声音："啊！是他！"得知厨子仅仅是个白人，他做出了这番评价。然而，当他们一起朝艏楼走去的时候，他屈尊自己，探头进了厨房的门，用低沉的嗓音说："晚上好，厨师！"这声音，让所有的锅都嗡嗡作响。在微光中，厨子本来坐在煤箱上，对着船长的晚餐打盹，一下被这声音惊醒了，犹如挨了一鞭子，慌张地冲到甲板上，但只看到几个人的背影，边走边说笑着。后来，谈起那次航程，厨子曾说："那可怜的家伙吓了我一跳，我以为自己见鬼了。"厨子跟着现任船长已经在船上待了七年。他是个头脑正经的人，家里有妻子和三个孩子，一年十二个月，差不多有一个月可以跟他们在一起。在岸上的时候，每逢礼拜天他会带家人去教堂两次。在海上的时候，每到晚上他都会把灯拧到最亮，嘴角叼着烟斗，手里拿着打开的《圣经》睡去。每天夜里，总得有人帮他关上灯，把书从他手里取出来，把烟斗从他咬着的牙齿中取下来。贝尔法斯特曾经很恼怒，抱怨说："总有一天晚上，你会吞下你的乌尔德土烟袋，我们就没厨子了。"——"啊！

宝贝，我随时听候主的召唤，希望你们也是！”这回答善良而平静，一片愚痴，但又动人。贝尔法斯特被气得在厨房门口转圈：“你这神圣的傻子，我不想你死！”他吼道，仰头看着厨子，脸抽搐着，满是愤怒，但眼里透着温柔。“你急着赶死做什么？你这个该死的、木头脑袋的乌尔德异端。你不赶死，魔鬼也会及时来收你。你得想想我们，我们！我们！”然后，贝尔法斯特会扭头吐口痰，跺着脚离去，一副很厌烦很担心的样子。而另一位呢，则会走出厨房，手里拿着热气腾腾的锅，满身油污，平静温和，看着他“奇怪的小男人”被气得踉踉跄跄，脸上会露出优越骄傲的笑容，他们是非常要好的朋友。

贝克先生懒洋洋地靠着后舱口，嗅着夜晚湿润的空气，二副陪在他身边。“那些西印度群岛的黑人身强体壮——当然了，也许是其中的一些。……哎！……不是吗，克莱顿？新来的这个又高大又强壮，负责缆绳应该不错。你看呢？哎！我想让他到我那班。”二副是个长相俊美、颇有绅士风度的年轻人，脸上有坚毅的神情，体格健壮。他静静地说，自己已经预料到了。能感觉得出来，二副的语气里有一丝不情愿，但贝克先生很友好地说开了。“好了，好了，年轻人！”他一边说一边发出咕哝声，“好了！不要太贪心。整个航程，芬兰人都在你班上，我秉公行事。你可以再选那两个年轻的斯堪的纳维亚人，我呢……哎！……我要那个黑人，还有那个……哎！……那个身穿长大衣、厚颜无耻、沿街叫卖的家伙。我得让他……哎！……得让他守规矩。否则……哎……我就不叫贝克。哎！哎！哎！”他一连使劲儿咕哝了三下。这是他的特技，在说话的中间，或者在一句话的末尾，会发出咕哝声。这咕哝声不大，但很有效，与他气势汹汹的言语，笨重、脖子粗壮的身形，摇晃不稳的步子，满是皱纹的阔脸，沉稳的双眼以及讥诮的嘴角正好相配。但它的效果早就被水手们打了折扣。他们喜欢贝克先生。贝尔法斯特更是得宠，而且对此心知肚明，他会模仿贝克先生，有时甚至当着他的面这么做。查理则更为谨慎，偷偷模仿大副摇摆的步法。贝克先生的一些话，成了艏楼里每天的固定用语。一个人受欢迎的程度，莫过于此！而且，所有的水手都愿意承认，在适当的场合，大副能够“用正规的大西洋风格让人语噎”。

眼下，他正发布最后的命令。“哎！……你，诺尔斯！让所有人四点起床。我想……哎！……在拖船到来前把锚链拉起来一些。对了，留意着船长。我去和衣躺会儿……哎！……如果看到船长的船开过来，就叫我。哎！哎！哎！……老人家一上船，肯定有话说。”他朝着克莱顿说：“好了，晚安！……哎！明天还要忙一整天。……哎！……现在最好睡一下。哎！哎！哎！”

在漆黑的甲板上，一束光闪了一下，一扇门被砰地关上了，贝克先生进了他整洁的船舱。年轻的克莱顿，身子探过围栏站着，迷离地看进东方的夜里。他看到一条长长的乡间小路，路上枝叶摇曳，阳光翩跹。他看到古树的枝干铺展开来摇动着，用它们弓形的躯干框住了柔和、抚慰人心的湛蓝天空，一份独属于英格兰的景致。透过那弓形，一个女孩头戴遮阳帽，身着轻盈的衣衫，微笑着，好似要迈出那柔和的天空。

在船的另一头，是艏楼。现在，里面只有一盏灯亮着，它要入睡了。艏楼里光线不明、空空荡荡，只有大声的喘息和突然而短促的叹息声回荡其中。两列睡铺打着黑色的哈欠，如一座座的坟墓，由心神不安的尸首租住。这里或那里，有俗艳的印花布做成的床帘半拉着，告诉我们那是逸乐之人的栖息所。有条腿伸到了床外，白白的，了无生气。有一根胳膊直直地伸了出来，黑黑的手掌朝上，粗粗的手指半握着。两股轻鼾并不一致，犹如可笑的对话般不断争吵。辛格尔顿饱受痱子之苦，他除去了衣服，双手交叉在胸前，站在门廊晾自己的背。他袒露的胸脯覆满文身，头碰到了上层甲板的横梁。那个黑水手，衣服脱到了一半，正忙着解开捆箱子的绳索，铺一个上层的铺位。他穿着袜子四处走动，一双吊带拍打着小腿。在柱子和斜桅的阴影里，唐金大声嚼着一块船上的压缩饼干。他坐在甲板上，两脚翘起，眼神躁动不安。他把饼干满把攥着，举在面前，满脸愤怒地大口咬着。饼干屑掉落在他伸开的两腿之间。然后，他站起了身。

"我们的水桶在哪里？"他从容地问。

辛格尔顿一言不发，只大手一指。他手里握着短柄烟斗，烟叶在里面缓缓燃烧。唐金俯身到桶上，直接从锡桶里喝水，水溅得到处都是。然后，他转过身，看到黑水手正掠过肩头打量着他，带着平静、高不可攀的神情。唐金侧着身靠了上去。

“一顿该死的晚餐！”他怨愤地低语道，“连家里的狗都不吃的东西却拿给我们。这真是艘大船的艏楼，木桶里连一片该死的肉都没有。我翻看了所有的储物柜。”

黑水手顿感意外，他瞪大了双眼，就像别人突然用外语在跟他讲话。唐金换了种语气：“朋友，给点烟！”他低声地说：“一整个月，我都没抽过烟、嚼过烟草，快馋疯了。帮帮忙，伙计！”

“别套近乎！”黑水手说。唐金吓了一跳，惊得跌坐在就近的一个箱子上。“我们没有一起打过仗。”詹姆斯·韦特继续用很低沉的声音小声说，“给你烟。”然后，稍过了一会儿，他问道：“你上艘船是？”——“‘黄金国’！”唐金嚼着烟草，含混不清地说。黑水手低低地吹了声口哨。“你跑了？”他毫不客气地问。唐金点了点头，一边的腮帮鼓了起来，他咕哝道：“待不下去，我就跑了。他们先是在走廊上把一个外国佬踹得要死，然后又来整我，我就跑了。”——“把行李都落在那里了？”——“是的，行李、钱都没带出来。”唐金回答道。他又稍微提高了嗓门：“我一无所有，没有衣服，没有铺盖。一个罗圈腿的爱尔兰小矮子给了我条毯子，今晚我要到前顶桅的支索帆去睡。”

唐金拖着毯子的一角，要去甲板。辛格尔顿看都不看一眼，侧侧身让他过去。黑水手换下了岸上的衣服，干干净净地穿着工装坐在箱子上，一只胳膊搭在了膝盖上。盯着辛格尔顿颇看了一会儿，他若无其事地问："这艘船怎么样？还不错吧？"

辛格尔顿没动。过了好一会儿，才面无表情地说："船！船没问题，关键是船上的人！"

周围是一片深沉的寂静，辛格尔顿继续吸自己的烟斗。半个世纪倾听风浪结出的智慧，不自觉地透过他的双唇说了出来。猫在绞盘上咕咕噜噜地叫着。这时，詹姆斯·韦特咳嗽起来，像咔咔作响的咆哮，跌宕起伏。那咳嗽声暴风般摇晃着他，把他一头抛掷在储物箱上，他瞪大了眼睛，喘息不止。几个人被吵醒了。有人在铺位上困倦地说："老天！多该死的吵声！"——"我患了感冒。"韦特喘着粗气说。——"你说这是感冒？"那人咕哝道，"我看没那么简单。"——"哦！你这么想？"那个黑人说。他挺直了身子，又是一副傲慢轻蔑的神情。韦特爬上了铺位，开始不断地咳嗽，还一边探出头，愤怒地环视着艏楼。没有人再说什么。他往后倒在了枕头上，能听到他不断的喘息声，就像一个人在睡梦里受到了压迫。

辛格尔顿站在门口，面朝着光，背对着黑暗。他独自一人站在空荡荡、被睡意笼罩的艏楼里，看上去愈发高大，恍若巨人，且年岁久远，犹如时间老人本身。时间老人或许应该来到这个坟墓般寂静的地方，用他耐心的双眼凝视睡眠——这个告慰者——

短时的胜利。然而，老水手只是时间的孩子，是被吞噬和遗忘的一代人留下的遗物。他站在那里，依然壮硕，也一如既往地不假思索。他是个机敏的人，有着丰富的过往，却并无未来；有着孩童般的冲动，但成人的激情在他那画满文身的胸膛里已经死寂。理解其沉默的人——那些知道如何在人类经验范围之外、永恒视野之内生存的人已成过往。他们曾经坚强，就像那种既没有顾虑也没有希望的人所具备的坚强。他们既缺少耐心又坚韧不拔，既动荡不安又挚爱忠诚，既桀骜不驯又忠贞不贰。好心人试图这样描述他们：命悬一线，四处奔忙；为了一口餐食，劳苦不堪。事实上，他们是这样一群人：明白什么是辛劳、贫困、暴力和堕落，但不知道什么是恐惧。在他们心里，没有恶意或怨恨。他们难于驾驭，却易于激发。他们是一群无声的人，但有足够的男子气概，从心里嘲笑那些感伤的、哀叹自己命运艰辛的人。这种命运独属于他们，在他们看来，承受它的能力是被拣选的人所享有的特权。他们这代人生活得默默无闻，但不可或缺。他们没有尝过甜蜜的情感和家庭的温暖，但在生命结束的时候，也逃脱了狭窄墓穴的漆黑逼仄。他们是神秘海洋永恒的孩子。他们的继任者，则属于心怀不满的地球，是它长大了的子嗣。这些继任者不那么调皮，但也不再纯真；不那么堕落，但或许也不再虔诚；他们学会了如何言说，但也知道了怎样抱怨。这些人的前辈，则强壮而沉默。他们承受重压、长久忍耐，且不为人注意，犹如少女门廊[1]的石柱，在黑夜里擎起灯火辉煌的大厅，那建筑华美而绚丽。他们这代人不在了，好似也没什么。海洋与陆地不忠于自己的孩子：一个真理、一个信念、一代人，逝去了，被遗忘了，不值一提。除非那些相信这个真理、承认这个信念或爱过这代人的人，对于他们来说，这一切或许才有价值。

起了微风。船是顶流锚泊的，这时感受到更大的推力。突然，绞盘和锚链筒之间松弛的锚链发出叮当声，并向前滑动了少许，轻轻滑下了甲板。这有些惊悚，好似有意想不到的生命偷偷地潜伏在铁链里。在锚链筒里，链条刺耳的声响传遍了整艘船，就像重负之下人的叹息。拉力传到了绞盘，锚链像条线一样拉紧了，振动着。螺旋制动器的把手也被轻轻地拉动了。辛格尔顿走上前去。

直到此时，他一直是站在那里的，像在沉思，又似了无所念，既像沉着恬适，又似绝望无依，脸上既像冷酷无情，又似空白一片，他是神秘海洋六十岁的孩子。他一辈子的想法，六个字便说得尽，但是，船上物件的骚动犹如他的心跳，成了他生命的一部分，在他那苍老坚定的脸上唤醒一丝警觉。灯焰晃动着，老人浓密的眉毛紧锁着。他俯身看着制动器，一动不动地警惕着。在他周围，是各种影子疯狂的萨拉邦德之舞[2]。这时，船遵从锚的召

① 古希腊建筑，由六座少女的雕塑代替石柱，撑起门廊。

② 17 世纪至 18 世纪西班牙宫廷舞的一种。

唤，轻轻地稳步向前，缓解了锚链的紧张。缆绳的压力得到了疏解，松弛下来，在不为人觉察地来回晃动了几下之后，随着一记重响，落在了甲板坚硬的板条上。辛格尔顿抓住了高处的控制杆，猛地向前送出身体，把制动器拧紧了半圈。他站直身体，使劲儿地喘着气。制动器蹲在他脚边的甲板上，体积不大，但很有力。他盯着这机器看了一会儿。它那么坚实有力，像一头安静的怪兽——一头令人称奇又驯服的动物。

“你……把住！”他低声咆哮着，对机器发出主人般的命令，他的白胡子粗鲁无礼，乱作了一团。

第二章

第二天一破晓，“水仙号”驶向了大海。

一层薄雾，模糊了地平线。在港口外面，平滑的水面一望无垠，铺展开去。它闪耀着，犹如满地的珠宝，又如苍穹，空无一物。短小的黑色拖船像往常一样，迎风扯了一下，松开了绳索，然后关掉了引擎，在船尾稍作停留。大船下层的上桅帆已升起，她修长的身体慢慢地前移。松弛的上帆蓄风张起，轮廓饱满柔和，就像被绳索的迷阵捕捉到的小片云朵。然后船帆张满了，帆桁升了起来，整艘船变作了高大孤独的金字塔。她浑身闪耀洁白，轻轻地滑过太阳照亮的薄雾。拖船则即刻转身，驶回大陆。二十六双眼睛，看着它低矮、宽阔的船尾，疲倦地爬过桨轮激起的平滑浪涌。它的桨轮转得很快，狂躁地击打着水面，如同一只巨大的、黑色的水上甲虫，仿佛被光惊到了，不知所措，徒劳无益地想要逃回到远方阴郁的陆地去。拖船在空中留下迟迟不肯散去的黑烟，在水上留下渐渐散开的两道泡沫小径。在它停留过的地方，有一圈黑色的煤灰，随着波浪的起伏，好似甲虫休憩时，留下了不洁的印迹。

“水仙号”独自离开了，驶向南方。太阳在动，而她好似华丽地站在躁动的海洋上，静立着。溅起的泡沫沿着船的两侧向后飞驰，海水卷起来，闪着光，击打着她。陆地退去，渐渐地变淡。几只鸟儿翅膀没有扇动，滑翔过摇动的桅顶，尖叫着。但很快，陆地消失了，鸟儿飞走了。在西边，有一艘阿拉伯单桅三角帆船奔向孟买。她尖尖的船帆呈三角形直立着，升起在天际线清晰的边沿，只稍作停留，继而不见，如同幻象一般。船的航迹笔直绵长，不断延展着，度过了一天无尽的孤单。夕阳在海面上燃烧着，在浓重的黑色积雨云之下，散发出深红色的火焰。继之而来的落日狂风，化作了短时的暴雨，纷纷落下。雨过之后，船从桅顶的风向标到船体的吃水线，通体发亮，唯有船帆黯淡了下来。船顺着季风轻快地滑行。甲板已被清理干净，静待夜晚来临。与她一起前行的，是海浪发出的持续而单调的沙沙声，夹杂着水手的低语。水手们被叫到了后甲板，安排值班。高处的船帆，发出短促的哀叹。偶尔，风也会大声地悲鸣。

贝克先生走出船舱，还没等舱门关上，就急急喊出第一个名字，他要接管甲板。在海上，有一个长久的习俗，就是在返程的时候，大副要值第一轮夜班，从晚上八点到午夜。因此，贝克先生在听到最后一声“是，长官”之后，闷闷不乐地说：“换下舵手和瞭望员！”然后脚步沉重地迎风爬上艉楼。不久，克莱顿先生从艉楼下来了，轻轻吹着口哨，进了船舱。船上的管事正在门口休息。他穿着拖鞋，衬衣的袖子卷到了腋窝，沉思着。在主甲板上，厨子锁上了厨房的门，和年轻的查理就一双袜子发生了口角。船上一片漆黑，但能听见厨子动情地说："你不配人家对你好。我把你的袜子晾干，你竟然抱怨说上面有洞，还骂骂咧咧的，而且是当着我的面！我要不是基督徒，准会敲你的脑壳，而你不是基督徒，只是个无赖……快滚！"水手们则三三两两，有的站着沉思，有的在主甲板上沿着船舷静静地踱来踱去。返程的第一天忙忙碌碌，渐渐沉入了日常工作的无趣平静里。在船尾高高的艉楼上，贝克先生脚拖着地来回走动，在思考的间隙喃喃自语。在船头，瞭望员笔直地站在两个锚的锚爪之间，嘴里不停地哼着小曲，两眼尽职尽责地盯着前方，目光茫然。空寂的天空，出现了成群的星星，给清亮的夜添了生机。它们闪烁着，仿佛大海之上的生灵。船在奔跑，星星环绕在她的四周，比围观人群的目光还热切，比尘世间的人心还难揣测。

航程开始了。船是脱离大地的一个碎片，她孤独快速地向前，像一颗小小的星球。环绕着她，天与海的深邃在无法触及的边界融合。一圈大大的、圆形的孤寂陪伴着她。她永远都在变，又永远是那一个，既千篇一律，又总威风凛凛。偶尔，会有一个白色流浪的点负荷着生命在远处出现，而后消失，驶向自己的命运。每天清晨，太阳燃烧着圆睁着双眼升起。它带着不灭的好奇，终日俯瞰着她。船有着自己的未来，行走在甲板上的人，用他们的生活赋予她生命。而且，也像把她交付给大海的陆地一样，船承载着难以忍受的遗憾与希望。在她身上，生活着胆怯的真理和无畏的谎言；一如陆地，她美丽但却没有意识，是人宣判了她卑微的命运。她的漫游，为的是利益，但一路上令人敬畏的孤独，却给了她尊严。她一路激扬起泡沫向南，像是被高贵的、勇于尝试的勇气所鼓舞。大海一望无际的欢快，矮化了时间的延展。日子赛跑着向前，灿烂而迅速，就像灯塔的光闪过。而夜晚多事且短暂，恍若转瞬即逝的梦。

水手们已经各就各位，每半小时响起的钟声，规约着他们片刻不停的责任和生活。不分昼夜，总能看到舵轮后一位水手的头和双肩，借着太阳或星光的背景，衬出高大的轮廓，在转动的舵轮之上，坚定而沉着。水手们轮班，舵手的面孔不断变换：有的面容平静，有的郁郁寡欢，但都因大海结成兄弟般的亲缘。每双眼睛里都有专注的神情，仔细观察着罗盘或船帆。严肃的阿里斯顿船长脖间系着一条旧的红围巾，整天待在艉楼上。夜里，他也会不止一次地起身，离开同伴，像坟墓之上的魅影，在星光下独立、观察、默想，他的长睡衣像旗子一样摆动着。然后，又一声不响地下到船舱里。他出生在彭特兰湾，年轻的时候，当上了彼得黑德捕鲸船上的鱼叉手。每当说起那段时光，他不安的灰色眼睛就会变得凝滞冰冷，仿佛若隐若现的冰山。后来，为了寻求改变，他加入了东印度公司。“水仙号”一造好，就由他做船长。他爱自己的船，但毫不手软地驱使着她，因为在他心里，有一个秘而不宣的抱负：希望有一天能够完成一次辉煌的航程，速度快到可以被《航海报》报道。提起船主，他的嘴角会浮现出不屑的笑。他也很少和副官们讲话。在批评错误的时候，声音比较柔和，但常常一语中的，刺人痛处。他的头发呈铁灰色，表情有些冷酷，是那种泵皮填料的颜色。他雷打不动地会在每天早上六点刮脸，但有一次（在毛里求斯西南八十英里的地方，遇到了强飓风），一连三天都没顾上。除了不肯饶恕的上帝，他无所畏惧。他的愿望，是在一座小房子里度过余生。这座房子远离大海和尘嚣，最好能带有一块土地。

他，作为一个微小世界的统治者，很少从艉楼的奥利匹克之巅走下来。在他下面，或者说在他脚下，普通人过着忙碌、无足轻重的生活。在主甲板上，贝克先生嗜血却无害地咕哝着，驱使我们牛马般劳作，正如他曾经说过的，别人付他钱，就是为了干这个。在甲板上工作的人健康满足。当船驶入大海，没有了陆地的影子，多数水手都会这样。上天真正的平和，会在距离最近的陆地一千英里之处开始。当它往这些地方派驻神威的使者时，不是出于对罪行、傲慢或愚蠢的极大愤怒，而是像慈父一般，磨炼那些纯朴无知的心。水手们对生活知之甚少，也因此不受嫉妒或贪婪的侵扰。

傍晚时分，清理干净的甲板一片祥和，宛若大地之秋。太阳西沉，包裹着温暖的云霞入眠。在船头，水手长和木匠双臂交叉着，坐在备用桅杆的一端。两人胸脯厚实有力，待人友好。在他们旁边，是矮胖的修帆匠，曾经参加过海军。他正在一边抽烟，一边讲述那些海军上将们匪夷所思的奇闻轶事。成群结队的水手拖着重重的脚步来回走动。在狭小的空间里，平衡和步调一致毫不费力地保持着。猪在猪圈里打着呼噜。贝尔法斯特靠着猪栏站着，双肘支撑着身体静静地沉思，他或许是在通过冥想与大家交流。有些水手衣衫敞开着，露出晒黑的胸脯，他们坐在艏楼楼梯上面系船的器具上。在前桅，有几个人围成了一圈，正讨论绅士的特点。其中一个说："绅士得有钱。"另一个则主张："不，是他们说话的方式，决定了他们是不是绅士。"跛足的诺尔斯开始发言，他脸没有洗（他在艏楼以不讲卫生闻名），一笑露出了几颗黄牙，狡猾地解释说，他"见过绅士们穿的裤子"。据他观察，裤子的屁股，因为在办公室坐多了，磨得比纸还薄。除去这一点，那些裤子看上去质地上乘，能穿好多年。正所谓人是衣装。他说："如果你一辈子都有份体面工作，要做个绅士简单得要命。"水手们无休止地争吵着，既固执又孩子气。他们涨红了脸，大声叫嚷着，不断重复着自己的奇妙论点。柔和的轻风在大前帆上兜转，让帆在水手们的头上鼓起来，碰触着他们蓬乱的头发。那碰触轻盈而短暂，犹如溺爱的轻抚。

他们忘记了辛劳，忘记了自己。厨子也凑上来听。他站在一旁，因为意识到自己内在的信仰而沾沾自喜，就像一个自负的圣徒，无法忘记辉煌的奖赏。唐金独自坐在艏楼顶上，为自己遭受的不公而郁闷。他也靠近了一些，想听清楚下面争论的走向。他把灰黄色的脸转向了大海，薄薄的鼻孔动了一下，嗅着微风，随意靠在围栏上休息。在落日的余晖里，一张张脸因为兴奋而发光，牙齿闪着亮光，眼里藏着快活。踱步的水手突然停了下来，咧嘴笑了。有个人，本来俯身在洗衣盆上，这时蹲直了，像着了迷，湿湿的胳膊上都是肥皂泡。连三个副官都舒服地背靠着东西，站着听，微笑里透出优越感。贝尔法斯特停止了给他最喜欢的猪挠耳朵，张大了嘴巴，满眼热切地要发言。他举起了双臂，扮了个鬼脸，一副受挫的样子。查理在远处，冲着一圈的人喊："我比你们中的任何人都更知道绅士。我曾经跟他们很亲密，我给他们擦过鞋。"厨子伸长了脖子想听得更清楚些，觉得很愤慨。"比你年长的人说话时，请你闭上嘴，你这个年轻鲁莽的异教徒"——"好吧，老哈利路亚，我说完了！"查理安抚地回答。这时，邋遢诺尔斯说了个想法，讲得超乎寻常地巧妙，激起了一波笑声，这笑声继而升级为波浪，最后爆发为哄笑。他们跺着双脚，朝着天空喊叫，很多人拍着大腿大笑，有那么一两个笑弯了腰，笑岔了气，用双臂搂着自己，就像遭受疼痛的人。木匠和水手长没有改变坐姿，笑得浑身乱颤。补帆匠肚子里装着一段海军准将的轶事，这时没机会讲，看上去有些生气。厨子用油乎乎的破布擦着眼睛。跛脚的诺尔斯被自己的成功惊呆了，站在他们中间，慢慢露出了笑容。

唐金本来耸着肩靠在围栏上，脸色突然严肃起来。艏楼门口好像传来某种声音，先是虚弱的咯咯声，后来变成了低低的抱怨声，最后是呻吟和叹息声。洗衣匠赶紧把两只胳膊伸进了洗衣盆，厨子好像比一个被人戳穿了的惯犯还垂头丧气，水手长不自在地动了动双肩，木匠一下跳了起来走开了。补帆匠呢，似乎打心眼里放弃了他的故事，带着忧郁的决心，吸起烟袋来。在艏楼门口的黑暗里，有一双眼睛发着白光，很大，瞪得很圆。然后，詹姆斯·韦特的头伸了出来，能渐渐地让人看清楚了。他的两只手，抓着左右两边的门柱，而他的头，仿佛悬浮在两只手中间。他戴着蓝色羊毛睡帽，流苏垂到了眼前，欢快地在他的左眼前跳跃。他迈着颤抖的步子走了出来，看上去仍然有力，但步态里有一种奇怪的、做作的摇晃。他的脸大概稍稍瘦了一点，眼睛看上去突出得吓人。仿佛他一出现，就加快了光的退却，太阳一下坠到了海里，好似要逃离我们的黑水手。一股黑色的雾气从他身上散发出来，犹如一种微妙阴郁的影响，好像有一种冰冷黑暗的东西从中逸出来，落到了每个人的脸上，如同给每个人戴上了悲悼的面纱。人群散开了，开心的欢笑冻结在了僵硬的嘴唇上，整船的人脸上都没了笑容，一言不发。很多人背转过身，装作视而不见。另一些人，把头扭向一边，从眼角投出不情愿的目光。他们不像是诚实的人受到了疑惑的困扰，更像是觉察到自己罪行的犯人。只有两三个人毫不避讳地看着，但轻轻地张着嘴巴，有点傻傻的样子。所有人都等着詹姆斯·韦特说些什么，但又像是已经知道他会说什么。他背靠在门柱上，用阴沉的双眼扫视了一圈，目光中带着专横和痛苦，犹如一个患疾的暴君，要威慑住一群卑鄙、不可靠的奴仆。

没有人走开。他们带着被深深吸引的恐惧等待着。詹姆斯·韦特开始冷嘲热讽，边说边停顿喘息："多谢大家……伙计们！你们……很好……而且……安静……你们真行！在门前……这么大声……地……喊叫……"

他做了稍长时间的停顿，这期间拼命耸动着肋骨，夸张地做出费力呼吸的样子。简直让人受不了！开始有脚步在挪动，贝尔法斯特发出一声抱怨，唐金在艏楼顶上，眨了眨他没有睫毛的红眼皮，在黑水手脑袋上方怨恨地笑着。

黑水手又开始说话了，但带着令人惊讶的从容。他不再喘息，声若洪钟，那声音空洞响亮，好似他是在一个空山洞里讲话，愤怒里带着蔑视。

"我想合合眼。你们知道，我晚上没得睡。可你们呢，偏到门前来闲聊，就像一群该死的老妇人……你们觉得自己是好船友，对吗？……你们可真关心一个快要死的人！"

贝尔法斯特转身离开了猪圈。“吉米，”他声音颤抖地喊，“如果不是因为你生病，我……”

然后就说不下去了。黑水手等了一会儿，用阴沉的语调说：“你就……怎么样？去找个跟你差不多的打，别惹我。不会太久了，我很快就要死了……死亡就来得够快！”

周围的人站着，一动不动，但眼睛里全是愤怒。不出所料，他们听到了非常讨厌的，用死来骚扰人的法子。他每天都要对着他们说很多遍，既像是吹牛，又像是恐吓，全由着这个可恶的黑鬼。他好像对于要来的死亡很骄傲。而这死亡，到目前为止，也只是为他的生活提供了便利。他据此自傲，好像世界上其他任何人，都没有和死亡为伍过。他不停地在我们面前炫耀，对死亡深情而执着。这让死亡的存在不容分说，又困扰人心。我们无法想象一个人会有这样怪诞的友谊！吉米总在期待的这位访客，是真实存在的吗，还是个骗子？我们在同情与不信任之间犹疑。然而，稍不随心，他就在我们面前摇晃他那无耻的、令人讨厌的骨头架子。他总是在炫耀。他谈论死亡的那种感觉，仿佛它早已经在那里了，好像它就在外面的甲板上，仿佛它立马就会走进来睡到那张空床上，好像它每一餐都陪在他身旁。它每天搅扰着我们的工作、休息和娱乐。傍晚的时候，我们不再有歌曲和音乐，因为吉米（我们都爱称他为吉米，来掩饰对其同谋的憎恶）利用他将会来临的死亡，扰乱了阿奇的心理平衡。阿奇本来有一个六角手风琴，但被吉米几番数落刺痛之后罢演了。他说：“那人是个可怕的家伙！我不知道他怎么了，但一定有问题——很大的问题。大家别再劝我了，我不会弹了！”因为吉米是个垂死的人，我们的歌手们也哑巴了。据诺尔斯观察，还因为同样的原因，没有人敢“钉个钉子，来挂自己那几件可怜的旧衣裳”。如果这么做，一定会被吉米教训，让他意识到自己的滔天罪行——打扰了我们吉米永无休止的最后时刻！在夜里，水手们不敢再开心地喊叫：“整点了！快出来！里面的人，听到了吗？嘿！嘿！嘿！跑快点！”而是一个传一个地低声耳语，以防惊扰了我们吉米有可能是在地球上的最后一觉。的确，他时刻都是醒着的，总能够在我们偷偷溜到甲板上的时候，冲着我们的背刺进有杀伤力的话。在那一瞬，我们会觉得自己是畜生，而后又让我们怀疑自己是傻瓜。在艏楼里，我们得低声说话，好像它是座教堂。吃饭的时候，我们也是悄无声息、心怀惧怕，因为吉米对食物很挑剔，总是怨恨地指摘腌肉、饼干和茶，就好像它们不适合人类食用——“更不用说一个濒死的人！”他会责骂我们，“难道你们，就不能为一个病人，找一片好一点的肉？”他正试着回到家里，去治好病——或者被埋掉。“不过，如果我能活下去，你们都得去死！这简直是毒害我，瞧瞧你们给我吃的是什么！”我们带着愤怒和卑微侍奉在他的床侧，犹如一个可恨王子低贱的侍臣，而他呢，用毫不妥协的苛责来回馈我们。他发现了一个秘密，即如何通过人的劣根性，来永久地驱使他们。这个可恶的将死之人，却有生存的秘诀，成了我们生命每时每刻的主宰。我们变得很绝望，但保持着顺服。感性的小贝尔法斯特要么气得打人，要么急得流泪。有一天晚上，他对着阿奇倾诉：“只要半便士，我就想打掉那颗丑陋的黑脑袋——这个偷懒的骗子！”心性耿直的阿奇却学会了故作惊讶。就这样，神不知鬼不觉地，那个心不在焉的圣基茨黑鬼把地狱般的魔咒，投射在了我们这些老实人身上！但就在同一天晚上，贝尔法斯特从厨房偷了船长和副官们的礼拜天水果饼，来唤起吉米难以取悦的胃口。这不仅危及了他和厨子常年的友情，也打破了他内心永远的平静。厨子的悲伤溢于言表，他不知道这是谁干的，但感到邪恶在滋长：撒旦来到了船上，躲在船员们中间。在他看来，船员们的精神福祉本是由他看顾的。每当看到三四个人站在一起，他就会离开炉灶，跑出来说教。我们都逃避他，只有查理（他知道贼是谁）用真诚的双眼瞪着他，这让厨子很恼火。“我相信，就是你干的！”他抱怨道，满脸都是忧伤，腮上还挂着撮煤灰。很快，有非官方消息传出，如果再有人偷窃，我们的果酱就会被取消（这是额外的补贴：每人半磅）。贝克先生不再打趣他喜欢的水手，狐疑地朝着所有的水手咕哝。在高高的艉楼上，船长冷漠的双眼射出不信任的光。每天傍晚，他看着我们一群人例行地慢慢走动，穿梭在帆旗升降索和支索之间，调节着船帆。在商船上，这样的偷窃行为很难避免。

有时，水手们会把它看作公开的宣言，表明对副官们的厌恶。这可不是什么好征兆，还不知道会招来何等祸患。“水仙号”上仍是风平浪静，但人们相互间的信任已然动摇。唐金难掩他的喜悦，我们却很难过。

后来，不讲道理的贝尔法斯特，又怒气冲冲地斥责我们的黑鬼。詹姆斯·韦特胳膊肘撑在枕头上，喘不过气来。他费力地说：“是我让你去偷的？去你的！该死的饼！吃了它，我更难受了——你这矮个子的爱尔兰疯子！去你的！”贝尔法斯特满脸通红、嘴唇发抖，朝着黑鬼冲了上去。艏楼里的每个人都一边喊一边站了起来，瞬间乱作一团。有人厉声尖叫着：“悠着点，贝尔法斯特！悠着点！……”我们以为贝尔法斯特会干净利索地掐死他。一时尘屑飞扬，我们听到黑鬼的咳嗽声，那如铜锣般金属炸裂的声音。下一秒钟，我们却看到，贝尔法斯特只是站在那里，伤心地说：“吉米，不要！不要！不要这样！虽然你病着，但天使都受不了你！”他站在吉米床边环顾我们，滑稽的嘴角抽动着，眼里含着泪水。接着，他开始整理弄皱了的床单。大海不止息的低语填满了艏楼。詹姆斯·韦特害怕了吗？他被感动了吗？他要悔改了吗？面朝上躺着，他手扶床侧，一动不动，好像久等的访客终于来了。贝尔法斯特笨拙地摸着他的脚，激动地重复着：“是的！我们知道！你病得不轻，可是……你想要什么，尽管说……我们都知道你病得很重——很重……”不！詹姆斯·韦特绝对没有被打动，或者要悔改。事实上，他看上去非常震惊。他以惊人的速度轻松地坐了起来：“啊！你觉得我病得很重，是不是？”他阴郁地说，用的是最为清晰的男中音（听他说话，有时候会让人觉得他哪有什么病）。“是不是呢？好啊，那把我当病人待啊！你们这些人，竟然不知道给病人盖条干净的毯子。好吧！算了！我怎么都是死！”贝尔法斯特四肢无力地转过身，一副受挫的样子。艏楼里一片沉寂，人人都脱不了干系，唐金却分明说道：“好吧，我服！”然后偷偷地笑了。韦特看着他，态度非常友好。没人猜得出，我们这位难以捉摸的病人究竟喜欢什么。然而，唐金窃笑里透露出的轻蔑，却让我们受不了。

唐金在艏楼的地位很突出，但不稳固。他的显位，来自大家的普遍厌恶。他被孤立了。在孤立中，成不了什么事，就只能想着好望角的风暴，嫉妒我们有厚衣服和防水雨具。我们的海靴、油布雨衣、填得满满的储物箱，都成为他痛苦思索的因由。这些他一件也没有，而且有明确的预感：如果有需要，不会有人跟他分享。他厚颜无耻地巴结我们，一步步地对副官们无礼。他试图通过这样的行径，谋得最好的结果，但却打错了算盘。他这样的本性，大概忘了：如果无理挑衅到了极点，不管是否出于自愿，众人都是会公正的。贝克先生长期忍受着他，他却愈发放肆，最后，我们都看不下去了。因此，在某个漆黑的夜晚，当大副好好收拾他的时候，大家都很高兴。这事做得干净利索，很得体，没出什么动静。当时，就在午夜之前，我们被叫到甲板上调整船帆，唐金像往常一样，说了些侮辱的话。我们本来带着睡意站成一排，手里抓着前支索，等待下一个命令，但听到了一声惊叫和黑暗中打斗的脚步声，然后是巴掌声、耳光声和压低了的说话声：“嘿，你敢！”……“别！……别！”……“那你就放老实点！”“哦！哦！……”然后是温和的重击声，夹杂着铁链声，最后像是一个人的身体无助地摔倒在了主泵的把手上。我们还没来得及想清楚是怎么回事，就听到贝克先生的声音离我们很近，而且有些不耐烦地说：“伙计们，使劲拽，用力拉绳子！”我们非常轻快地服从着命令，就像什么都没发生。大副也像往常一样，指挥着我们调整风帆，挑剔得让人心烦。当时，谁都没看到唐金，也不在乎。即使大副把他扔下了海，我们也懒得说一句：“嘿，他没了！”但事实上，并没什么大的伤害，虽然唐金的确是掉了颗门牙。这是我们早上才发现的，但礼貌地保持着缄默：艄楼的礼节要求我们对此视而不见，一言莫发。我们对生命尊严的珍视，要高于陆居人。没有教养的查理却喊道：“怎么，你去看牙医了？……很痛，对不对？”这令人无法饶恕，他被最好的朋友打了一耳光。男孩很惊讶，沉浸在悲伤中至少有三个小时，我们都为他难过。但是，年轻人的成长，不仅靠年龄，还要靠规训。唐金恶毒地笑着。从那天起，他变得冷酷无情，告诉吉米他是个“黑骗子”，还暗示我们是一群白痴，每天都被这个恶俗的黑鬼欺骗。而吉米呢，好像很喜欢这家伙！

辛格尔顿生活着，不为他人的情感所动。他沉默寡言、不苟言笑，在我们中间呼吸着——只是这最后一点，他和众人没什么不同。我们尝试做体面的人，但发现非常难，不断地在对美德的渴望和对嘲笑的恐惧中摇摆。我们想要从懊悔的痛苦中解救自己，但不想被自身情感卑鄙地愚弄。吉米可恶的同谋，好像用他不洁的呼吸，把做梦都想不到的阴险吹进了我们心里。我们心神不宁、窝窝囊囊，我们对此心知肚明。辛格尔顿却像什么都不知道，什么都不明白。在这之前，我们以为他像看上去的那般智慧，而现在，我们则敢于在某些时候，怀疑他只是因为年老变傻了而已。

然而，有一天晚餐的时候，我们坐在自己的箱子上围成一周。在一圈脚的中间，甲板上放着一个马口铁的盘子。吉米又在表达自己对人和物普遍的憎恶，只是用的字眼尤为不堪。辛格尔顿抬起了头，我们都闭了嘴。老家伙冲着吉米问："你要死了吗？"被这么一问，詹姆斯·韦特看上去无比震惊和困惑。我们也都惊呆了，嘴巴张开着、心狂跳着、眼睛眨巴着。一支掉落的锡铁叉敲击着盘子，一个本来起身要走开的人，也站在那里不动了。不久，吉米就振作了自己，他颤抖着回答："为什么问我？你自己看不出来吗？"辛格尔顿把一块泡过的饼干(他的牙齿——据他说嚼不动了）举到嘴边。"好啊，那你就接着死吧！"他的语气温和得令人敬畏，"但不要为这该死的事，对着我们发牢骚。

我们帮不了你。”吉米躺倒在了床上。有很长一段时间，他非常安静地躺着，擦下巴上的汗。晚餐的盘子被迅速收了起来。到了甲板上，我们悄悄地讨论刚才的事。有些人心中狂喜、暗自发笑，很多人则神情肃穆。瓦米波经过了很长时间的发呆，想笑却笑不出来。年轻的斯堪的纳维亚人中的一个，被困惑折磨得不行，在值第二轮夜班的时候，主动靠近了辛格尔顿（老人家并不怎么鼓励我们跟他讲话），羞怯地问道：“你觉得他会死吗？”辛格尔顿抬头看了他一眼，缓慢而谨慎地说：“怎么这么问？他当然会死。”这话犹如判词。小伙子像是得了神谕，很快就把它传开了。他会羞赧又急切地走到人前，眼睛看着别处，背出他的公式：“老辛格尔顿说他会死。”这让我们长吁一口气。终于，我们知道自己的同情没有白费。终于，我们可以没有顾虑地笑了。但是，我们不包括唐金，唐金“才不要跟这些肮脏的外国人打交道”。当尼尔森告诉他老辛格尔顿的预言时，他怀恨地说：“你也是！你这蠢头蠢脑的荷兰人！希望你们所有的荷兰人都死，而不是来拿我们的钱，带回你们那饿得要死的国家去！”我们很惊愕，觉察到辛格尔顿的话其实什么都说明不了，进而恨他取笑我们。一切都拿不准了：船员和长官之间互相猜疑；厨子觉得我们不可救药，放弃了我们；水手长则说“我们是一群软蛋”。我们怀疑吉米，怀疑彼此，甚至连自己都不相信了——这可如何是好？在我们卑微的生命里，在每一个微不足道的转角处，都会遇到吉米和他可怕的蒙面同谋。他们手挽着手，压倒一切地堵住去路。多么可怕的奴役！

话说回来，事情开始于离开孟买后的一个星期。如同所有的大灾难一样，它慢慢地附着在了我们身上。每个人都说，吉米从一开始就对工作不卖力，我们还以为仅仅是他的生命哲学造成的。唐金说："你拉绳子的力气，还没有一个该死的拳头大。"他鄙视他。贝尔法斯特则准备好了要跟他干上一架，大声挑衅说："用点力，伙计，累不死你！"——"会累死你吗？"吉米极端蔑视地反驳道。贝尔法斯特甘拜下风。有天早上，我们正清洗甲板，贝克先生冲他喊："韦特，把你的扫帚拿过来！"他有气无力地闲逛着。"动起来啊！"贝克先生咕哝道，"你的两条腿怎么了？"他却完全停了下来，两只眼睛鼓起来，慢慢地注视着，神情很无畏，又很悲伤。他说："不是我的腿，是我的肺。"每个人都在听。"什么？……哎？……你的肺怎么了？"贝克先生问。所有当班的人都站在湿漉漉的甲板上，手里拿着扫帚或水桶，咧着嘴笑。他凄惨地说："我的肺要不行了，或者已经不行了。你看不出我是个要死的人吗？我自己知道！"贝克先生觉得很反感。"见鬼了！那你为什么要登船？"——"在死之前，我要活着啊，不是吗？"他回答道，四处笑声可闻。——"离开甲板，别再让我看到你！"贝克先生说。他觉得很窘迫，从来没见过这种事。詹姆斯·韦特服服帖帖地放下扫帚，慢慢地走向艏楼，一阵大笑紧随在他身后。真是太滑稽了！所有的人都在笑……他们大笑不止！……唉！

他成了时时刻刻折磨我们的人，比噩梦还糟糕。看不出他有什么不妥：黑鬼从不在人前显露。他不胖——当然不——但他也不比我们知道的其他黑人瘦。他经常咳嗽，但偏见较深的人觉得：在多数情况下，他只在自己有所图的时候才咳嗽。他不愿意，或者说不能够做他的那份工，但他也不躺着。有时候，他会和最棒的水手一起，噌噌噌爬得很高。又有些时候，我们不得不冒着生命危险，把他绵软的身体从高处弄下来。有人打他的报告，有人为他做检查，有人责备他，有人恐吓他，有人哄骗他，有人教训他。他还被叫到船舱里见船长，谣言四起。有人说他对老人家蛮横无理，有人说他吓到了船长。查理则说："船长哭着给了他一瓶果酱。"诺尔斯听管事说，吉米坏透了。他撞船舱的家具，他呻吟抱怨，抱怨大家对他的粗暴和不信任。最后，他在船长的气象记录上咳嗽不止，当时那记录是摆在桌上的。不管怎么说，韦特被管事扶着回到了前甲板。管事带着痛苦震惊的口吻请求道："快来！快来个人，扶住他，他得躺下。"吉米喝下一锡罐咖啡，骂了这个骂那个，然后才上床。他大多数时候都躺在床上，但在自己觉得合适的时候，也会来到甲板上，出现在我们中间。他蔑视，他沉思，他望向前方的大海。没有人知道这是什么意思：一个黑人独自坐在一边，一副沉思的模样。他一动也不动，像尊雕塑。

他总是拒绝服药，他把西米和玉米粉倒进海里，直到管事实在受够了，不再给他送。他要止痛药，他们就给他拿来一大瓶量，足够毒死一群孩子。他把药放在床垫和松木舱壁之间，但从来没有人见他喝过一滴。唐金当面辱骂他，在他喘不过气来的时候嘲笑他，而就在当天，韦特却会给他一件暖和的毛线衫。有一次，唐金骂了他有半个小时，责备他装病，同班的人得分摊他的工作，最后称他是“黑脸的猪”。我们被该诅咒的邪恶迷住了，非常害怕，但吉米却好似沉醉其中。这让他看起来很愉悦，便扔给了唐金一双旧海靴。韦特低沉地说：“来，你这个伦敦东区的垃圾，给你！”

最后，贝克先生不得不上报船长，告诉他詹姆斯·韦特在扰乱船上的安宁。“他会给纪律迎头重击——他会的，哎！”贝克先生嘟哝道。事实上，有天早上，在水手长要求清洗艏楼的时候，右舷更①的水手几乎拒绝工作，好像是因为吉米不喜欢湿地板，而我们那天早上的情绪，恰好是饱富同情心的。我们觉得水手长是个暴君，也这么告诉他了。多亏贝克先生微妙的处理能力，才避免了严重的吵闹——他拒绝承认我们是认真的。他推推搡搡地来到船头，把很多无礼的名号扣在我们头上，但他的方式很爽朗，很有海员的样子，结果让我们觉得很惭愧。实际上，我们知

---

① 船上的船员分作两班：右舷更（starboard watch），由床位靠船的右舷的水手组成；左舷更，由床位靠船的左舷的水手组成。

道他是个太好的水手，并不愿意找他的麻烦。而且，吉米很可能是个骗子，或许他就是！艏楼最后还是被清洗了，但就在当天下午，甲板室被改作了病房。那是一间很好的小船舱，门朝甲板开着，里面有两个铺位。吉米的东西被搬了进去，然后，不顾他的反对，吉米本人也被搬了过去。他说他不能走路，于是四个人用一条毯子把他抬了过去。他抱怨说，自己一个人在那里，会像条狗一样地死去。我们为他难过，但也很高兴把他清理出了艏楼。

我们还是像以前那样照顾他。厨房就在隔壁，厨子每天都看望他好几次，韦特好像开心了一些。诺尔斯说，有天听到他一个人发出响亮的笑声，另有些人则看到他在晚上的时候，独自在甲板上走。他的小舱室舱门被挂在一个长挂钩上，半开着，里面总飘出烟雾。我们专心做工，在经过的时候，会从门缝跟他打招呼——有时是开心的，有时也会辱骂他。他让我们着迷，他从来不会让疑虑消失，他笼罩着整艘船。他承诺马上会死，却有似乎金刚不坏之身，他践踏着我们的自尊。他每天都向我们展示大家道德勇气的匮乏，他污染着我们的生活。即使我们是一群长生军，不会被希望或恐惧亵渎，也无法承受他冷酷地运用其无上的特权辖制我们。

第三章

与此同时，“水仙号”扬着风帆，驶出了和顺的季风，开始缓慢地荡悠。一连几天，风很轻，她围着罗盘转啊转啊，令人沮丧。热雨又会突然而至，拍打着满腹牢骚的水手，他们把重重的风帆转来转去。长官们绷着脸，身上滴着水，不停地用疲惫的声音吩咐他们做这做那。在短暂休息的间隙，水手们憎恶地看着僵硬的手和疼痛的手掌，气恼地彼此质问：“能做农夫，谁会做水手？”所有的人都坏脾气，没有人在乎自己说什么。在一个漆黑的夜晚，值班的人因为热气而喘息困难，又几乎被雨淹死，而且一连奋战了四个小时，从一条支索换到另一条支索，不断地追着风调整风帆。贝尔法斯特宣称，他要“与大海断绝关系，去蒸汽船上干”，这无疑太过分了。阿里斯顿船长非常克制，伤心地对贝克先生低语：“不算太坏——不算太坏！”因为他仍然可以通过猛推、避让和谨慎驾驶，让自己机敏的船在二十四小时里，驶出六十英里。坐在小船舱的门阶上，吉米托着腮，用粗鲁忧愁的双眼观望着我们令人厌恶的劳作。我们温和地对他说话——但背后，彼此交换厌恶的嗤笑。

后来，天空晴朗起来，又有了和顺的风，船一点点堆叠起向南的纬度。她途经了马达加斯加和毛里求斯，但并没有看到陆地。备用的桅杆上加多了系索，舱口也被照管。管事在闲暇的时候，会一脸忧郁地为每个舱门加上防波板。结实的帆布被用心叠好，焦灼的目光盯着西方的风暴之角。船开始沉浸在西南方向的浪涌里，低纬度明亮温和的天空悬在我们头上，形成高高的拱顶。它的色泽每天都变得更加坚硬，在船的上方黯淡地颤动着，犹如一个巨大的钢铁穹顶，与清爽的风儿深沉地唱和着。太阳在黑色波浪的白色卷发上，发出冷冷的光。在西风强劲吹来之前，船收起了一些风帆。她尝试着慢慢地应对，既倔强，又顺服。她颠簸着，不间歇地努力着，要穿越大风无形的猛力。她一头跌进阴暗平滑的浪谷里，又挣扎着爬到奔腾的大海雪白的浪脊上。她翻滚着，焦躁不安，左摇右晃，就像遭受着剧痛。她坚韧勇敢，回应着水手们的请求。她修长的桅杆，会突然做出一百八十度的转向，犹如对着狂暴的天空徒劳地求祷。

那年好望角的冬天糟透了。换下班的舵手，从艉楼上下来时，他们拍打着胳膊，使劲跺着脚，朝着红肿的手呵气。甲板上值班的人躲避着冰冷的水沫，或者蜷缩在避风的角落里，沮丧地看着无情、高耸的海浪一次又一次地倾倒在船上，好像它的愤怒无法平息。海水瀑布般摔打到艏楼的门上，要回到潮湿的床上，得先一头钻进瀑布里。水手们湿漉漉地回到艏楼，又得僵冷地走出去，去面对他们辉煌而又无名的命运和它那救赎的、无情的索取。在船尾，透过狂风的雾气，可以看到长官们小心地观望着风向。他们在上风向的围栏处站着，毫不动摇地坚持着，身体笔直、长长的雨衣发着光。船被逼得很紧，狂乱地跳跃着。长官们高高在上、神情专注，他们在灰色多云的海平面之上，剧烈地晃动着，姿势保持着不变。

他们观望着天气和船，就像岸上的人窥探着巨大的商机。阿里斯顿船长从来没离开过甲板，就好像他是船上的一个配件。时不时地，瑟瑟发抖但总是穿着衬衣的管事会挣扎着给他送来热咖啡，只是没到船长嘴边就被风吹走了一半。他神情肃穆，把剩下的一口喝光。溅起的海水重重地打在他的油布雨衣上，嗖嗖作响的海浪摔碎在他的长靴旁，而他从未让自己的视线离开过船。他把目光铆在船上，就像一位爱侣看着所爱的纤弱女子无私地操劳。她的存在，如一缕细线，系着整个世界的欢乐和意义。我们都在看着她。她很美，但有一个缺点，我们并不为此而少爱她一点。我们大声欣赏她的品质，彼此做着炫耀和吹嘘，好像那些优点是我们自己的。对她唯一的缺点，我们有意识，但埋藏在无言的深深的爱里。她出生在雷鸣般的敲击钢铁的锤声中，在黑烟的漩涡中，在灰色的天空下，在克莱德河的岸边。在这条吵闹、忧郁的河上，诞生了许多美丽的船只，她们驶向世界上有阳光的地方，赢得人们的爱。“水仙号”就是其中一员。她或许没有其他船完美，但却是我们的，因而无与伦比。我们为她骄傲。在孟买，无知的新手总是以“那艘漂亮的灰色船”来指代她。漂亮，是下流的赞美。我们知道她是最了不起的船。我们试图忘记，像很多好的船只一样，她有时容易倾覆。她很苛求。在装载和驾驶的时候，都需要呵护，而且，没有人知道多少呵护才算够。这就是人的不完美之处！船深知这点，有时会审慎地运用恐惧来教训人的无知和放肆。在过去的航程中，有过一些不祥的故事。对此，我们有所耳闻。当被不幸搅得不宁时，比如说锅子被打翻了，厨子（从规定上来说，他是个海员，但实际上不是个水手）会一边擦地一边郁闷地咕哝：“瞧！瞧瞧她都干了什么！总有一天她会淹死所有人！你就等着瞧吧！”管事每天生活得忙碌而焦灼，偶尔会来到厨房，偷偷喘口气。每当听到厨子这番话，他便冷静地回答：“不管怎么说，真看到那一天的人，不可能再活着告诉别人，而我，不想看到那一天。”我们笑话厨子杞人忧天。船长逼着船向前，让她朝着风的方向紧紧咬住每一寸，还把她的帆收紧，使得她侧身在巨浪上跳跃。看到这一切，我们的心追随着船长。在恶劣的天气里，接手甲板的副官一声令下：“准备待命！”所有人都紧紧聚集到船尾随时听命。他们站在那里，欣赏着船的勇敢。他们在风中眨着眼，黝黑的面庞上都是水，比人的眼泪还咸还苦。长胡子和短胡须都被打湿了，直直地垂下来，像细小的海草滴着水。他们的丑陋难以形容：穿着长长的海靴、戴着头盔一样的帽子，笨拙地摇晃着；穿着僵硬臃肿、闪亮的油布雨衣，就像一群身着奇装异服、准备参加奇异冒险的人。每当船轻易爬上了耸立的绿色海浪，水手们就彼此用胳膊肘碰一下肋骨，脸上神采飞扬，低语道："她干得多漂亮！"大家一起把头转向败下阵来的海浪，嘴角露出讥讽的笑，看着它卷起狂暴的白色泡沫，朝船后咆哮而去。但当她不够快，被当头重击，并且在重击下发抖的时候，我们就抓紧了绳子，抬头看着浸透了的、紧张的风帆在高处绝望地飞舞，心中暗想："怪不得，可怜的人儿！"

离开孟买的第三十二天，开局便不顺。一大早，海就击碎了厨房的一扇门。我们冒着蒸汽冲了进去，看到厨子湿透了，很生船的气："她一天不如一天，想把我淹死在自己的炉灶前！"我们安抚着愤怒的厨子。虽然被冲走了两次，木匠还是成功修好了门。因为这个事故，我们的晚餐很晚才准备好，但后来也不算什么了，因为诺尔斯去取的时候，被浪头打倒了，晚饭都进了海里。阿里斯顿船长看上去比往常更严峻、嘴唇更薄了，坚持不收上桅帆和大前帆。船被要求得太多，好像完全丧失了信心，我们从未见过她这样，而船长对此视而不见。她拒绝起跳，闷闷不乐地穿越着海浪往前。双倍的负荷好像让她盲目、厌倦了生活，故意一鼻子钻进大浪里，船被从头灌到尾。我们一大群人，全都拍打着水，试图抢下一个不值钱的洗衣盆，水手长很气恼地说："今天下午，船上所有该死的东西，都会被冲下海。”令人敬重的辛格尔顿打破了他以往的沉默，向上瞥了一眼后说：“船长像是跟老天较上了劲，可跟天上刮来的风生气，是不会有好处的。”当然了，吉米关上了门。我们知道，他在自己的干爽舒适小屋里，但奇怪的是，这份确信一会儿让我们开心，一会儿又让我们生气。唐金不知羞耻地躲藏着，不安而难过。他抱怨说：“我穿着该死的破衣烂衫，在外面冻得要死，而那个黑鬼，干爽地坐在那个该死的箱子上，箱子里面装满了该死的衣服，让他黑心的灵魂见鬼去吧！”我们忽略了他，甚至都没想过吉米和他的心腹之交。谁还有空去无谓地探索内心呢？帆被吹走了，东西七零八落。我们又湿又冷，在甲板上被海浪冲来冲去，仍试着修补船上的破损。船摇头晃脑，猛烈抖动，就像疯子手里的玩具。在日落时分，我们观察到冰雹云的阴郁威胁，匆匆收帆。狂风猛扑过来，就像拳头打在身上。船及时收起了帆勇敢迎击。她不情愿地向猛烈的袭击低头，然后又以威严的、不可阻挡的动作崛起，让她的桅杆直指风口浪尖。她头顶的黑云如同地狱般，从中降落大片的冰雹，啪嗒啪嗒地打在索具上，一把一把地从帆上落下来，在甲板上弹跳着——又圆又亮，就像在黑暗的骚乱中降落的珍珠雨。后来，冰雹停了。有那么一会儿，出现了铅色的太阳，它水平地射出余晖，在陡峭翻滚的浪山之间，露出凶险的光。然后，夹杂着狂风暴雨的夜疾驰而至。它大声号叫着，踩灭了在一天风暴之后，日光可怜的残余。

那天晚上，船上的人一夜无眠。多数水手，一生中都会遭遇到顶级大风，都会记得一两个这样的夜晚。整个宇宙除了黑暗、喧闹、暴怒——船，仿佛什么都没有。船漂泊着，犹如一个被摧毁的创造物的最后残留。她装载着罪恶的人类痛苦的残余，带他们渡过复仇的恐惧滋生出的不幸、骚乱和痛苦。在艄楼里，没有人合过眼。马口铁做的油灯挂在一条长绳上冒着烟，画着大大的圆。泛着光的地板上，有一层浅浅的水冲来冲去，上面堆着黑黑的湿衣服。水手们穿着海靴，瞪大了眼睛，枕在胳膊肘上休息。挂着的油布雨衣摇来摆去，就像被斩首的海员焦躁的鬼魂在暴风雨中狂舞，异常生动，令人难安。没有人说话，每个人都在倾听。艄楼外面，黑夜呜咽着、哭喊着，还伴随着持续大声的震颤，犹如远处有无数的鼓在敲。尖叫声划过夜空。巨大沉闷的重击让船战栗，与此同时，她承受着倾倒在甲板上的海浪，向前翻滚。有时，她会迅速地腾空而起，好像要永远地离开地球，然后，仿佛过了几个世纪，她又跌入了虚空。船里面的人，心跳仿佛停止了，直到被可怕的震动惊醒，这震动既是预料之中的，又很突然，猛力地带着他们向前。瓦米波四肢摊开着，脸趴在枕头上。船每经过一次让人不安的颠簸，他就轻轻呻吟一下，表达他的内部小宇宙被折磨的痛苦。时不时地，会有让人无法忍受的一秒钟——船遇上了可怕喧嚣的猛烈爆发，躺到了一侧的船舷上。她浑身抖动着，却又保持着静止，但这静止比最狂野的举动还可怕。这时，水手们躺着的身体里都会传过一丝震颤，那是缘于悬置而来的战栗。有人会探出焦虑的头，双眼在摇晃的灯光中发亮，疯狂地瞪视着。有人稍微动了一下腿，好像准备好了要跳下床来。有几个人一动不动地仰卧着，一只手紧紧地抓着床边，同时紧张快速地吸着烟。他们的眼睛盯着上方，因为对平静的巨大渴望而一动也动不了。

半夜的时候，水手们接到了命令，要收起前桅和后桅的上帆。迎着无情的风暴，水手们用了巨大的努力爬上桅杆。他们挽救了船帆又爬下来，精疲力竭。而后，继续心惊肉跳地沉默着，接受海浪无情的打击。这或许是商船历史上的第一次，值班的人被换下来之后并没有离开甲板，而是被恶毒的暴力吸引，被迫留了下来。每一阵狂风吹来，挤在一起的人就彼此低语："风不可能再大了！"但大风马上用刺耳的尖叫声戳破他们的判断，把他们的气息逼回到喉咙里。一阵凶猛的狂风好像炸开了又黑又重的巨大云团，在被撕碎的云团碎片中间，会瞥见高高的月亮，以惊人的速度掠过天空，向后冲去，一头扎进风眼里。很多人低下了头，抱怨说看着狂风，他们的内脏都要出来了。很快，云层合上了，世界又一次变成了狂怒的黑暗，它咆哮着，向孤独的船投掷咸水沫和雨夹雪。

大约七点半的时候，周围的漆黑变作了惨白的灰色，我们知道，太阳出来了。这不自然且骇人的日光，使得大家看见彼此疯狂的眼睛、憔悴的脸，这加重了我们忍受的砝码。地平线好像笼到了船的四周，距离船只有一肘远。在这个狭窄的圈子里，汹涌的海浪冲上甲板，重重地摔下，又退回到海里。一阵咸雨刮过，重重的雨滴斜落下来，像雾一样。顶帆需要两张舷帆，带着冷漠的顺从，每个人都准备好了再次爬上桅杆，但长官们大喊着，把大家推回去，最后我们才明白了，只允许正好能把工作做完的人上去。桅杆随时可能被刮到海里，大家到了上面，可能需要跳海求生，船长不想他的人一下全都掉进海里，这样的考虑合情合理。正在值班的人，在克莱顿先生的带领下，开始艰难地抓着绳索往上爬。风把他们压平在横索的梯绳上，然后又会稍微缓和一下，让他们能够往上爬几步，紧接着，突然又是一阵狂风，把整个爬行的队伍钉在侧支索上，姿势如同被钉十字架。另一班的人，冲到主甲板，把帆升起来。海水猛推着他们，让他们站立不稳，左摇右晃，时不时地，头会突然冒出水面。贝克先生在我们中间，低声给我们打气，就像一头精力旺盛的海豚，在扭结的绳索中间结巴着、喘着气。借着一阵不祥的、令人难以置信的平静，工作完成了。甲板上、船帆上都没有人员损失。眼下，风好像刮过去了，而船呢，像是感恩于我们的努力，抖擞起精神一路向前。

八点的时候，下班的水手看准时机，冲过被淹的甲板回到艏楼，去休息一下。另一班的人则留在船尾，像他们说的，轮到他们“陪她渡过难关”了。两位副官力请船长下去休息。贝克先生在他耳边咕哝道:“哎！现在……没什么可做的……她得挺过去，要么就被吹走。哎！哎！”年轻的克莱顿先生是个高个子，他低下头欢快地朝船长笑:“她稳得像个三脚架！休息一下吧，船长!”船长用他彻夜未眠的、血红的双眼冷冷地盯着他们。他的眼睑是深红色的,下巴在不断地动,好像在嚼一块印度橡胶。他摇了摇头，重复道:“不用管我。我得守着她……我得守着她。”但他同意在天窗上坐一会儿，把刚毅的脸转向了风的方向，毫不畏惧。海水拍打着他的脸——一张坚忍的脸，脸上流下的水好像是他落的泪。在船尾向风的一面，值班水手们抓紧后桅纵帆的支索，彼此紧挨着，相互打气。掌舵的辛格尔顿大喊道:“小心了！”但他的声音传到他们那里的时候，小得像报警的耳语声。水手们又惊又怕。

巨大的带着泡沫的海浪从薄雾中冒了出来，直奔我们的船而来。它疯狂地咆哮着，一路飞奔，看上去很不友善、令人震颤，就像一个拿着斧头的疯子。有一两个人大喊着爬上了绳索，多数人紧张得痉挛，只能留在原地不动。辛格尔顿把膝盖弯到了船舵下面，非常谨慎地缓缓移动着舵，让它顺着船头起伏的方向，眼睛始终盯着涌来的大浪。巨浪耸立在船头，非常近，就像绿玻璃做成的一堵墙,墙头上顶着雪。船迎着它爬升,仿佛乘翅飞了起来，有那么一刻，船停留在了波峰，好似她是一只巨大的海鸟。我们还没来得及吸气，一股强风击中了她，又一个大浪顶起了她迎风的船头，她突然倾斜，差点翻了，整个甲板都被淹了。船长跳了起来，然后摔倒，阿奇滚到了他身上，尖叫着："她要起来了！"船又突然顺风倾斜，下面的三孔滑轮重重地沉了下去，水手们的下肢滑了起来，身体挂在了倾斜的船尾，脚乱踢。他们能看到船的一侧浸到了海里，大声齐呼："她完了！"在船头，艏楼的门开了，在里面休息的一班人一个个跳了出来，举着双臂，然后手脚并用地向翘起的船尾爬，整个甲板倾斜得比屋顶还厉害。在下风风向，海浪迭起紧追着这班人不放，他们无望地挣扎着，看上去很可怜，犹如逃离洪水的小虫。他们一个接一个，奋力爬上船尾的露天梯，半裸着身体，瞪着疯狂的大眼。而且，一上到艉楼，又一下被弹到了下风向，一堆人闭着眼睛往下滑，直到肋骨撞到了护栏的铁柱，呻吟着滚作一团。船上升的时候抛起的巨大的水柱，冲开了艏楼的避风门。水手们看到自己的储物箱、枕头、毯子、衣服都被冲了出来，在海上漂。他们一边努力往上风向挣扎，一边难过地看着这一幕。稻草床漂得很高，毯子铺展开来起伏着；储物箱浸满了水倾斜得厉害，就像断了桅杆的船体重重地颠簸着，然后沉了下去；阿奇的大衣伸开着双袖漂了过去，像一个淹死的水手的头浸在水里漂荡。水手们一边往下滑，一边试图用手指抓住木板缝，另有一些水手被堵在了角落里，翻着眼睛。他们在不停地叫喊："桅杆！砍掉！砍掉！……"一阵黑风低低地在船上咆哮，船躺在了船舷上，向风的桁端指向云霄，高高的桅杆躺倒着，几乎与地平线相平，看上去长得无法丈量。木匠松开了手，滚到了天窗，开始向船舱入口爬去，那里放着一把斧头，就是为了应对类似的紧急情况。就在这时，上桅帆断开了，重重的铁链在上面甩打着，红火星像飞散的小火花一样洒落下来。帆布猛地拍打了一下，好像把我们的心从牙齿缝里拉了出来。船帆立马变成了一束抖动的窄窄的缎带被打了结，静止在了帆桁上。阿里斯顿船长挣扎着设法站了起来，脸贴着甲板。水手们也都用手抓着绳子，在甲板上荡来荡去，就像崖壁上盗取鸟巢的人。船长的一只脚踩在了某人的胸膛上，他脸色发紫，嘴唇在动。他在大喊，他弯下身大喊："不！不！"贝克先生将一条腿盘在罗盘架上，大声吼："您是说不吗？不要砍吗？"船长疯了般摇着头说："不！不！"正双膝跪地往前爬的木匠听到了，一下就瘫了下来，在天窗那里整个躺下了。有人加入进来一起喊："不！不！"然后是一片寂静。他们等着船翻过身来，把他们抖到海里去。在巨大的风声和海浪声中，这些人没有发出一声抱怨，尽管每个人都愿意少活很多年，只要能看到"那几根该死的杆子到海里去！"他们都相信，这是他们唯一的机会，但那个满脸坚毅的小个子摇着他灰白的头大喊："不！"对他们，他连看都不看一眼。船员们默不作声，喘着粗气。有人抓着栏杆，有人把绳子绑在腋下，有人紧握住螺栓，成堆地爬向可以站脚的地方。他们用两只手臂坚持着，用两肘、用下巴，甚至是用牙齿，勾住任何能让他们向风停留的东西。有些人没法爬离自己被甩到的地方，在拼命往上挣扎的时候，能感受到涌起的海浪击打着后背。辛格尔顿坚守着船舵。他的头发在风中飘舞，大风好像把他的胡子当成了一辈子的仇敌，摇晃着他那颗年长的头颅。他坚决不放手，双膝夹在舵轮的辐条中间，上下飞荡，就像一个吊在树枝上的人。死亡好像还没准备好，水手们得以环顾。唐金的一只脚被绳圈套住了，头朝下倒挂着，他在我们下面，脸朝着甲板大喊："砍！砍！"有两个人谨慎地靠近他，其他人拉那绳子，大家一起把他拽了上来，推到了更安全的地方，抓紧他。他朝着船长大声咒骂——朝着他挥舞着拳头大声咒骂，用肮脏的语言叫我们："砍！别管那个杀人的傻子！砍啊！你们谁去把桅杆砍断？"其中一个把他救上来的人反手抽了他一嘴巴，他的头撞到了甲板上，突然不出声了。他脸色苍白呼吸困难，被打破的嘴角滴着几滴血。在背风的地方，有个人四肢摊开着，像是被吓傻了，多亏了防波板，才没掉进海里。原来是厨子！我们不得不把他像个包裹一样吊起来，因为他被吓瘫了。感觉船要翻的时候，他跑出了厨房还紧抓着一个瓷杯。那杯子完好无损，我们很费力地才从他手里夺下来。他看到杯子在我们手里很惊讶，用颤抖的声音不断问我们："你们从哪里拿到的？"他的衬衣被吹成了布条，被撕碎的袖子像翅膀一样拍打着。有两个人牢牢抓着他，把捆他的绳子又绕了一圈。他软塌塌的像一捆破衣裳。

贝克先生沿着我们站成的一条线爬，问大家："你们都在吗？"并逐个查看。有些人茫然地眨着眼睛，有些人不由自主地打颤。瓦米波的头耷拉到了胸前。每个人都是痛苦的样子：有的被绳索割伤，有的因长时间抓握而精疲力尽，有的蜷缩在角落。他们费力地喘息着，他们的嘴唇抽搐着。每当翻倒的船做出令人难受的起落时，他们就张大了嘴巴，好像要大喊出口。厨子没戴帽子，也没穿拖鞋，他抱着一根木头柱子，不自觉地重复着他的祷告。周围是魔鬼般的喧闹，但在每个短暂的间隙，都能听到他在暴风雨中祈求我们生命的主宰，不要把他引向诱惑。不久，连厨子也沉默了。这一群饥饿寒冷的人疲惫不堪地等待着惨死的到来，没有发出一点声响。他们缄默不语，痛苦地思索着，倾听着狂风可怕的怒号。

几个小时过去了。大风绵延不断地从他们头顶刮过，过度倾斜的船反倒成了遮挡，但时不时地会有冷雨飘落，落进他们躲避之处难得的平静里。这新一重的折磨所带来的痛苦，扭动着某些人的肩膀，让所有的人牙齿打颤。天空趋晴，明亮的阳光闪过船，船体在水沫的拍打声中摇荡。每一次巨浪冲击过后，都会有鲜明的彩虹出现在上空，但转瞬即逝。伴着响亮的一击，大风好像收工了，它闪着光像刀子一样刺人肌肤。在两个长着胡子的老水手中间，查理被某个人的长围巾绑在一个甲板的螺栓上，他在不出声地流泪。极少落泪的他被惊慌、寒冷、饥饿和大家的痛苦引得啜泣。旁边的一个人打了他的肋骨一拳，粗粗地问：“你的腮帮子怎么了？天好的时候，没人管得住你！臭小子！”然后小心转身，费力地脱下大衣，披到男孩身上。另一个人也靠了上来，低声说：“小伙子，它会让你成为男子汉！”两个人把肩膀搭了过来，紧靠着他。查理缩起了脚，垂下了眼皮。水手们意识到他们“一时半会儿还淹不死”，于是轻出一口气，尝试着舒服点的姿势。克莱顿先生伤了腿，嘴唇紧咬着躺在我们中间。他那班人动了起来，想把他安顿得更好些。他没开口，也没睁眼，只是抬起了一只胳膊，然后抬起另一只，配合大家挪动他。他年轻坚毅的脸上不露声色。水手们关切地问：“长官，现在好些了吗？”他简短地答道：“可以了！”克莱顿先生是位严厉的年轻副官。在他那班里，多数人觉得还算喜欢他，因为他“驱使着大家在甲板上上上下下干活的时候太绅士了”。另外一些人，看不出这么高雅的迹象，但尊重他的聪明才干。阿里斯顿船长自从船躺倒之后第一次往下看，他扫了船员们一眼。他一只脚顶着天窗的一边，一只膝盖跪在甲板上，一根支索系在腰间，那支索前后摇荡着，他几乎可以直起身了。他目光直视前方很警惕，犹如一个等待神迹的人。在他眼前，船有半个甲板浸在水里，起伏颠簸在大浪上。在清冷的日光下，层层巨浪翻滚着冲过船的防水板。考虑到她的艰难处境，我们觉得她仍是非常轻盈。能听到自信的声音在喊：“伙计们，她能挺过去！”贝尔法斯特热情地大叫：“我愿意出一个月工钱，只要能吸上一口烟！”有一两个人，用干干的舌头舔了舔咸咸的嘴唇，低声说“想要杯水”。厨子好像受了启发，爬上了船尾的淡水桶，胸脯趴在上面往里看。“桶底有点水”他大喊了一声，挥舞着胳膊，有两个人开始拿着杯子来回爬。我们每个人都美美喝了一口。船长不耐烦地摇了摇头，拒绝喝。轮到查理的时候，他旁边的一个人喊道：“这小子睡着了！”查理睡得像喝了麻醉剂，大家没有叫醒他，让他睡了。辛格尔顿喝水的时候，一只手还掌着舵，他低下头让嘴巴避开风。轮到瓦米波的时候，冲他大声喊，他才看到眼前的杯子。诺尔斯睿智地说：“比朗姆酒还好喝！”贝克先生咕哝道：“谢谢！”克莱顿先生喝了水，点了点头。唐金紧盯着杯沿贪婪地吞咽着。贝尔法斯特扮着鬼脸说：“传到这边来，我们都是禁酒主义者！”把大家都惹笑了。又有人蹲伏着把水杯递给船长，冲他大喊：“船长，我们都喝过了！”船长这才握住了杯子，但眼睛仍盯着前方。喝过之后，他僵硬地把杯子递回去，好像自己的目光无法离开船。大家的脸膛亮了起来，冲着厨子喊：“干得好！大厨！”厨子背着风靠在水桶上坐着，大声朝我们喊了很多话，但当时海浪震天响，只隐约听到一两个词，像是“天意”“重生”之类的。他又在耍老把戏朝我们布道，大家对着他做着友好但嘲讽的动作。他在我们下方，一只手抓牢，一只手臂举起，耍着嘴皮子。他头避开溅起的水，不停地大放油嘴，声嘶力竭，热情满怀。

突然，有人喊道："吉米呢？"我们又吃了一惊。在一排人的末尾，水手长粗声喊道："有人看到他出来吗？"大家沉闷地惊叫："他——淹死了？……不！在他的船舱里！……天啊！……像只被夹住的老鼠，可怜！……应该是打不开门。……唉！她翻得太突然，水堵住了他的舱门……可怜的家伙！……没救了。……咱们去看看吧……"——"让他去死！谁会去？"唐金尖叫道。——"没人想着你会去，"他旁边的人低声咆哮着说，"你都不算个人！"——"有没有一点点希望救他出来呢？"有两三个人一起问道。贝尔法斯特盲目冲动地解开了自己，朝着下风向疾冲下去，比一束光还快，我们一起惊叫起来。他双腿已经到了船外，但卡在了那里，喊着要绳子。在当时的极端处境里，已经没有什么能让我们觉得可怕了，因此，看到他在那里两脚乱踢、一脸恐惧，大家觉得很好笑。有人笑了出来，好像歇斯底里的尖叫和欢笑皆能传染，所有憔悴的人们都睁着疯狂的眼睛，大笑起来，如同绑在墙上的一群疯子。贝克先生抓着罗盘架荡着自己的身体，伸给了贝尔法斯特一条腿。贝尔法斯特爬了上来，受了很大惊吓，他用糟透了的字眼把我们交付给"魔鬼"。"你！……哎！真是个臭嘴巴的家伙，克雷克！"贝克先生咕哝道。贝尔法斯特愤怒到结巴，回复说："长官，看看他们！这些该死的肮脏的家伙！取笑一个快要掉进海里的人，还敢说自己是人！"但是，在艉楼楼梯口，水手长招呼大家："跟我来！"贝尔法斯特马上爬着加入他，一共有五个人自告奋勇。他们保持着平衡，看向艉楼的边缘，寻找往前面去的最好路径，但好像有些犹豫。另外的人被捆绑他们的东西缠绕着，痛苦地转过身，张大了嘴巴瞪着看。阿里斯顿船长心无旁骛，他好像在用自己的双眼，用一种超人的专注力托举着船。狂风在阳光下大声尖叫，柱子般的水沫腾空而起，在闪耀的彩虹下炸开在颤抖的船体上。那五个人谨慎地在船上走过，动作非常小心，然后从我们的视线中消失了。

船的半个甲板仍浸在海里，海浪不断地抨击着船身，有些拴缆绳的系索和缆绳墩浮出水面，水手们就从一个荡到另一个。他们的脚趾擦着甲板的板条，大片的绿色冷水浇到舷墙和他们的头上。他们用已经精疲力竭的胳臂悬挂片刻，被浇下来的水打得喘不过气来，睁不开眼，然后放开一只手，把头耷拉下来保持着平衡，再试着抓住前面一点的绳子或柱子。长臂健壮的水手长荡得很快，用钢铁般的拳头抓紧东西，他突然想起老婆最后一封信里的只言片语。小贝尔法斯特生气地往前爬，气急败坏地骂着“该死的黑鬼”。瓦米波的舌头兴奋地吐在外面。阿奇呢，勇猛而平静，瞅准了机会，机敏冷静地向前挪移。

到了桥楼一侧的上方，他们一个接一个松开了手，重重地落下，手掌压着平滑的柚木，伸开四肢躺了下去。在他们周围，是白色的回流的海浪，发出嘶嘶的声响。显然，所有的门都成了陷阱。首先是厨房门。厨房左右摇摆，他们能听到里面海水四溅的空响。下一个是木匠储物间的门。五个人打开来往里看。这间舱室像是被一场地震摧毁了。里面所有的东西都滚到了朝着门的隔板上，在隔板的另一边是吉米，不知道是死是活。一条长凳，一个做了一半的菜橱，锯、凿子、线材、斧子、铁撬堆了一堆，到处是散落的钉子，还有一把锋利的扁斧，竖在那里斧锋闪着光，这凶险的光从船舱深处射出来，像一个邪恶的微笑。水手们一个抓一个往里看。船突然冷不防地倾斜起来，差点把他们抛到海里。贝尔法斯特大喊一声："走！" 随后，一跃而下。阿奇机敏地跟上，抓住架子，但这些架子跟他一起倒了下去，最后落在了一大堆碎木头里。里面的空间很小，三个人都转不开。在门口阳光灿烂的蓝框里，水手长黝黑长满胡须的脸，瓦米波苍白疯狂的脸悬在那里，看着舱内。

他们一起喊："吉米！吉米！" 水手长在上面用低沉的声音咆哮："嘿，韦特！" 过了一会儿，贝尔法斯特恳求道："吉米，亲爱的，你还活着吗？" 水手长说："伙计们，一起再来一次！" 五个人一起大喊，瓦米波发出的声音像大声的犬吠，贝尔法斯特则用一块铁敲着舷墙。突然，一下子都停了。喊叫声和敲击声清晰纤弱地回响，就像合唱之后的独奏。吉米还活着！他在我们下面尖叫、敲打，好像一个还没死就被钉进棺材里的人，异常急迫。我们行动起来，绝望地处置那堆可怕的东西，有的很重，有的很尖，有的很难拿。水手长爬着去找一根绳头，瓦米波被我们喊停："别跳！……别进来，糊涂虫！"他就留在了上面，眼睛放光、牙齿发亮、头发乱蓬蓬的，像个惊讶痴呆的恶魔，对着躁动的、受地狱之苦的人幸灾乐祸。水手长让我们"出把力"，接着放下来一根绳子。我们把东西绑在绳子上，它们打着转往上升，然后就再也看不到了。一股要把所有东西都扔下海的怒气控制了我们。我们拼命干，顾不上割伤了的手，彼此口出恶言。吉米一直在吵，让人分心。他的尖叫声非常刺耳，而且叫起来不换气，像个受酷刑的妇人，他还手脚并用地拍打踢踹着。这个人濒死的恐惧让我们难以忍受，很想抛弃他，离开那个像井一样深、像树一样摇晃的地方。我们想离他远远的，到他听不到的地方，重新回到艉楼去。在那里，我们可以顺服地等待死亡——那无与伦比的长眠。我们冲他喊："看在老天的面子上，闭嘴！"但他加倍大声地叫。他大概以为我们听不到，可能他也只是隐约听到自己的吵闹。我们能想象在黑暗中，他趴在上铺的边上，两个拳头砸着木板，张大了嘴巴不停地喊。那真是令人厌恶的时刻，飘荡过太阳的云朵恶毒地遮暗门廊，船时时刻刻都在受苦。我们匆匆忙忙地扒东西，没有喘息的机会，感觉很想吐。水手长冲着我们喊："加把劲！加把劲！你们如果不快点，我们两个很快就会被冲走。"有三次，海浪冲过了高的那面舷墙，把成桶的水浇到我们头上。吉米被震动吓坏了，停下了吵闹声，大概是等着船沉，然后又开始尖叫，声音愈发大得让人难受，像是恐惧给了他更大的气力。

在底部，钉子堆了几英寸厚，很可怕。世界上的每一颗钉子，如果没被吹到别处，好像都进了这间木工房。各式各样的钉子团聚在这里，七次航程剩下的钉子都攒在这里：镀锡平头钉、紫铜钉（像针一样尖）、泵钉（头大大的，像铁做的小蘑菇）、没有头的钉子（很可怕）和光亮纤细的法国钉。它们实实在在地堆在一起，比刺猬还难靠近。我们犹豫着，渴望有把铁锹，而吉米呢，继续在下面喊叫，好像有人在剥他的皮。我们一边抱怨着，一边把手伸进钉子堆里，扎得很痛。迅速甩开手，钉子和血到处都是。我们用帽子装满了各式各样的钉子，让水手长拉上去。水手长则把它们抛向狂怒的大海，像是在主持某种神秘的平息仪式。

最后，我们终于到达了舱壁。舱壁是用结实的木板做成的。“水仙号”是一艘每个细节都做工精良的船。这些木板——我们认为——是嵌入一个舱壁最坚硬的板条，而且，我们突然想起来，在匆忙之中，把所有工具都扔进海里了。可笑的小贝尔法斯特想用自身的重量把它撞开，他像只跳羚一样两脚往上跳，还一边诅咒克莱德造船厂的木匠为什么不偷工减料。捎带着，他咒骂整个北部大不列颠、地球上所有其他的地方和海洋，还有他所有的同伴。在脚后跟重重落地的时候，他发誓永远永远不会再跟那些“分不清自己的膝盖和胳膊肘的人”有关联。他用自己的撞击声，吓跑了吉米仅存的一点点理智。我们能听到，这位让我们怒不可遏的拯救对象在板条下面乱冲乱撞。他的声音终于嘶哑了，只能发出可怜的吱吱声。他的背，也有可能是他的头蹭着板条，有时蹭这儿，有时蹭那儿，让人摸不着头脑。他一边躲避我们看不见的重击，一边吱吱叫。这叫声，比他的喊叫声还让人难以忍受。突然，阿奇拿出一把铁撬，他还留下了一把短柄小斧。我们开心地号叫。他奋力砸了下去，木屑往我们眼里飞。水手长在上面喊："小心！小心！别伤着人。少用点力！"瓦米波兴奋得发了疯，把头伸下来，疯狂地催我们："好！打他！好！好！"我们怕他掉进来，砸死我们其中一个，赶忙请水手长"把那可恶的芬兰人扔到海里去"。然后，我们一起朝着板条喊："躲开！我们要冲进去了！"继而细心听，但只听到船上方风的嗡嗡悲叹声，以及夹杂在一起的海浪的咆哮和嘶鸣。贝尔法斯特大声请求道："以上天之名，吉米，你在哪里？……敲一下，亲爱的吉米！敲，你这该死的黑畜生，敲！"吉米就像坟墓里的死人一样安静。如同站在坟墓四周的人，我们感觉要哭了，只是因为挫败感、紧张和劳累而哭。我们急切地想把事了了，离开这里，到什么地方躺下来休息，到一个我们能够看得到自己的危险、能够自由呼吸的地方。阿奇喊道："给我让开地方！"我们蹲在他身后，护着头，他反复地砸板条相接的地方。板条裂开了。突然，铁撬的一半穿过了裂开的长形洞，大概差一英寸就砸到了吉米的头。阿奇迅速把铁撬收回来，那个无耻的黑鬼一下凑到孔上，用嘴巴对着它，低声说："救救我！"声音小得几乎听不到。他硬把头往小孔里塞，疯狂地想要从那个一英寸宽三英寸长的洞里挤出来。焦虑不安的我们，被他难以置信的行为彻底惊呆了，完全没有办法让他后退。最后，连阿奇也不镇定了，他用铁了心的声音说：“如果你不让开，我就用铁撬直接砸穿你的脑袋！”阿奇是个说到做到的人。吉米好像意识到了阿奇的坚决，瞬间消失了。我们开始撬板条、扯板条，那情形如同对待一个不共戴天的仇敌，一定要把它撕成碎片。木头被撕裂扯断，最后让了步。贝尔法斯特把头和肩膀伸了进去，恶狠狠地去抓。“我抓到他了！抓到他了！”他喊道：“噢！糟糕！……脱手了！又抓到了！……拉我的腿！……快拉！”瓦米波在上面不停地叫嚣。水手长大声指挥着我们：“贝尔法斯特，抓住他的头发。你们两个，快往上拉！……直直地拉！”我们直着拉，猛地把贝尔法斯特拉了出来，很恶心地把他丢下。他坐在地上，脸发紫，绝望地哭泣：“我怎么能抓得住他那该死的短羊毛呢？”突然，吉米的头和肩膀出现了，卡在了洞里，翻着白眼，在我们脚边吐着白沫。我们带着残暴的不耐烦，一下扑向他，把他的衬衫从背上撕了下来。我们揪着他的耳朵，我们抓着他喘粗气。突然一下，他就被我们拽了过来，仿佛有人突然松开了他的腿。停都没停，我们用同样的动作把他举了起来。他的喘息打着呼哨，他踢踏着我们仰起的脸，他抓住了头顶上的两对臂膀，他的扭动上升如此莽撞，无异于一个充气的皮囊挣脱了我们的手。热得冒气，我们顺着绳子爬了上来，立马进到了猛烈的冷风里，就像被抛到冰水里的人一样，倒吸着冷气。脸上还热得像着了火，我们又当场被冻得冷到了骨髓里。在我们眼里，狂风从未像此刻般怒气冲天，大海从未像此刻般疯狂，阳光从未如此地无情和嘲讽，船的姿势也从未这般可怕而无望。她的每个举动都是不祥之兆，好似她的痛苦要结束，而我们的痛苦要开始。

我们交错着离开了舱门，被突然的摇晃吓了一跳，摔作一堆。在我们看来，桥楼的边上比玻璃还平，比冰还滑，除了一个长铜钩，没有可以抓握的东西。这个铜钩原本是用来挂敞开的舱门。瓦米波抓着铜钩，我们抓着他，一起拎着吉米。吉米已经彻底垮了,好像连握拳的力气都没有。我们在恐惧中盲目地坚守着，不怕瓦米波松手（因为记得这个蛮汉比船上任何三个人的力气都大），但怕钩子会松动。我们还觉得船已经下定了最后的决心要翻了，但她没有。一个巨浪从我们身上冲过，水手长急促地说："快起来走！风有点减弱了。赶紧到船尾去，要不然，我们都得在这里等死。"我们站了起来,把吉米围在中间。我们求他站起来，至少能抓住我们，但他瞪大了凸起的眼睛，沉默得像条鱼，整个人一点都不能动。他不能站，甚至连抓住我们的脖子都做不到，只是一个冰冷的黑色皮囊，松松垮垮地装满了柔软的绵羊毛。他的胳膊和腿软软的,像没有关节一样荡来荡去。他的头左摇右晃，下嘴唇又厚又重地垂下去。我们靠紧他，气恼恐慌。我们护着他，一起往前荡，一会儿这边，一会儿那边。就在死亡的边缘，我们一起踉跄着，做着掩护、荒诞的动作，犹如一群醉酒的人，为一具偷来的尸体而窘迫不堪。

得想想办法，把他弄到船尾去。我们把一根绳子松松地绑到他的腋下，冒着生命的危险，把他挂到前桅帆的系索羊角上。他没发出声响，看上去可怜得好笑，就像一个玩偶丢了一半的填充锯末，软塌塌的。我们开始了穿越主甲板的危险历程，小心拖着这个可悲的、无力的、可恶的包袱。他不是太重，但即使他重达一吨，也不会更难倒腾。毫不夸张地说，我们是在一人一手地把他往前推。有时，我们得顺手把他挂到缠索栓上，好喘口气重整队伍。索栓如果断了，他会掉进南大西洋一去不返，但没办法，他得冒这个险。过了一会儿，他显然意识到了这一点，轻轻呻吟了一下，很费力地低低吐出几个字，我们急切地去听。他是在责备我们太不小心，让他冒这样的险。他虚弱地说："好啊，我好不容易让自己从那里出来！""那里"是说他的船舱。是他让自己从那里出来！显然，跟我们一点关系都没有！……没关系……我们继续走，让他去撞他的运，仅仅是因为我们毫无办法。虽然在那一刻我们比任何时候都更恨他，恨他甚过天底下任何东西，但还是不想丢掉他。我们已经救下了他，这已经成了我们和大海之间的个人恩怨，我们下定决心不舍弃他。如果（做一个不太可能的假设）我们为了一个空盒子而经历了同样的辛劳和麻烦，那么这个盒子也会像吉米一样，变得对于我们来说很宝贵。甚至是更宝贵，因为我们不会有理由恨那个盒子，而我们恨詹姆斯·韦特。我们无法摆脱巨大的疑惑：这个让人惊奇的黑人在装病，曾经一度在我们的劳苦、蔑视和耐心面前没心没肺地装病，而现在他又在我们的奉献面前、在死亡面前诈病。他没有男子气概的谎言，与我们模糊、不完美的道德两相映照，陡增我们的厌恶。但他的伪装又非常有男子气概——让人称奇。不！这不可能！他应该是生命将尽。他的坏脾气只是那令人气恼、无法征服的死亡常伴他左右的结果，谁都会因为这样一个专横的密友而气恼。那么我们呢？有着这样的想法，我们是群什么样的人呢？愤怒与疑虑在我们心中扭打，践踏着我们最好的情感。我们因为疑心而恨他，因为不相信而厌恶他。我们无法安全地蔑视他，也无法不伤尊严地同情他。因此，虽然我们恨他，但小心翼翼地一个接一个地传递他。我们会喊："抓住了吗？"——"好！抓住了！放手吧！"他就这样从一个敌人手中，荡到另一个敌人手中，不比一个旧枕头更有生气。他的两只眼睛在一张黑脸上形成了两片白色刀片一样的裂缝，从他唇齿间逃脱的气体发出风箱一般的声响。我们终于到达了艉楼的梯子，这里相对安全些，我们精疲力竭地瘫成一堆，稍微休息一下。他开始咕哝，我们总是无可救药地想听到他说什么。这一次，他气恼地咕哝道："你们真是花了不少时间才来。我开始想你们是不是整个一堆都被冲到海里了？是什么让你们这么晚来？嗯？懦弱？"我们一言不发叹着气，开始往上拖他。我们心中秘密、热切的愿望是用拳头狠狠打他的头，然而，我们却非常温柔地倒弄他，就好像他是玻璃做的。

重返艉楼，如同浪子在多年之后回归故里，而家乡父老，仿佛是被时间凋零的人群。他们的眼睛在眼窝里慢慢转动，扫过我们。虚弱的低语声传来："你们真的找到他了？"他们的表情既疲惫又关切，熟稔的面孔变得既陌生又熟悉——像是褪了色，还覆着污垢。在我们离开的这段时间里，他们大概瘦了很多，貌似在被抛弃的状态下饿了很久。船长手腕上系着绳圈，他单膝着地，面色严峻僵硬，身体随船晃动着，但仍是目光炯炯、承托着船。他谁也一眼不看，好似沉浸在那份神秘的努力中。我们把詹姆斯·韦特绑在安全的地方，贝克先生爬过来帮忙。克莱顿先生平躺着，脸色非常苍白，低语道："干得好！"他轻蔑地瞥了我们、吉米和天空一眼，然后慢慢地闭上了眼睛。偶尔有人会动一下，但多数人表现出冷漠。他们时不时地打着冷战，偶尔咕哝几句。太阳要落下去了，它巨大、清晰、通红，沉得很低，好像要弯下身来俯视水手们的脸。风呼啸着穿过太阳的长长余晖。夕阳的光绚烂冰冷，整个打在凝视它的眼睛扩大的瞳孔上，但没有让眼睛眨动。成缕的头发、杂乱的胡须因海盐而变得灰白。脸是土色的，眼圈下面的黑色蔓延到了耳根，又抹黑了塌陷的双颊。嘴唇是青灰色的，很薄。嘴唇动的时候颇费力，像是粘到了牙齿上。有些人在夕阳中冻得发抖，难过地咧嘴而笑，另一些人则悲伤静默。

查理被突然揭示的真相驯服了：原来，他的青春微不足道。他投出的目光中包含着恐惧。两个没长胡子的挪威人像年老的孩子，傻傻地凝视着。在下风向、地平线的边缘，黑色的海浪一跃而起，扑向火红的太阳。太阳慢慢下沉，圆圆的、灼烧着，浪尖儿泼溅到光圈的边上。其中一个挪威人看到这景象，好像大吃了一惊，不由自主地说起话来。他的声音吓到了其他人，让大家有所动作。他们僵硬地动一下头，或者费劲儿地转一下身，惊奇地、恐惧地或肃穆地看着他。他喋喋不休地谈论着落日，不住地点着头，而巨浪开始翻滚过那红红的大圆盘。在几英里动荡的海水之上，高耸的浪头竖起阴影，像飞跑的黑暗掠过人的脸。一个戴着羽冠的巨浪，发出巨大的嘶嘶的咆哮声，它炸裂开来，好像浇灭了太阳，太阳消失了。喋喋不休的声音颤抖着和光一起消失了。有人叹息。巨浪撞击之后是突然的静默，有人疲倦地说："瞧那该死的荷兰人，开始犯傻了！"有个水手，腰里系着绳子，张开双手敲击着甲板，那拍打的声音快速而持久。在黄昏聚集的灰暗里，大家看到一个壮硕的躯体从后面直了起来，如同一个大型兽物一般，他开始谨慎地四肢着地向前爬行——是贝克先生要来查看排成一队的水手们。他咕哝着给每个人打气，检查一下他们固定自己的东西。有些水手半睁着眼睛，吐着气，就像受着热气压迫的人。另有一些人机械地、用做梦般的声音回答他："啊，啊，长官！"他从一个水手到另一个水手，嘟囔着："哎！……我们得看着她熬过去！”但出乎意料地，他突然大发雷霆，劈头盖脸地训诺尔斯，原来诺尔斯从应急舵具上割下了一段长长的绳子。“哎！——真不害臊——应急舵具——你难道不懂吗！——哎！——一级水手！哎！”跛子被压垮了，低声说：“长官，我得有点东西来捆自己。”——“哎！捆——你自己！你是个补锅匠，还是水手——什么？哎！——随时都可能需要那个舵具——哎！它对船比对你那跛脚的残骸可更有用。哎！——你就留着吧！——留着吧，既然你已经用了！”他慢慢地继续往前爬，自言自语地说，有些人“还不如个孩子”。这是安慰人的一场吵闹。有些低低的感叹声：“嘿！……嘿！”那些痛苦打着瞌睡的人则一下被惊醒，问：“怎么了？……发生什么事了？”得到的回复出乎意料的欢快：“大副不知为了什么事在狠批跛子杰克。”“不会吧？”……“他干了什么？”有人甚至咯咯笑起来。这像些许的希望，又像是对往常的安稳日子的提醒。唐金本来吓傻了，这时突然活过来，大喊：“听，他们就是这样对我们说话。你们为什么不揍他？不管谁，揍他啊！揍他！揍他！大副朝我们这边来了。我们是跟他一样好的人！现在，我们都要下地狱了！我们在这艘破船上，一直过着忍饥挨饿的日子，而眼下又要因为这些黑心的恶霸被淹死！揍他！”他在渐深的夜色里尖叫，又哭又闹，发出刺耳的声音：“揍他！揍他！”他那因为被忽略的生命权利而生出的愤怒和恐惧，比夜晚可怕的阴影更考验人心的安稳。黑夜穿过狂风不停歇的喧闹，步步逼近。贝克先生的声音从后面传来："你们中的哪一个让他闭嘴，还是一定得我过去？"——"闭嘴！"……"别出声！"不同的声音在喊，听得出愤怒和寒冷中的颤抖。——"不用麻烦大副，"有个在暗处的水手疲惫地说，"我立马掴你耳光！"唐金闭了嘴，静静地躺着，沉默里透着绝望。黑色的夜空亮起了星星，闪烁在墨黑的水面上。海上漂荡着成块的泡沫，海浪在漆黑地涌动着，上面泛着苍白的、转瞬即逝的、耀眼的白光，映照着夜空。星星在永恒的静寂里闪耀，坚硬冰冷，远离尘世的喧嚣。它们环绕在被征服的、饱受折磨的船四周：比获胜人群的眼睛更加无情，比人心更难靠近。

在天空阴郁的光辉下，冰冷的南风得意扬扬地号叫着。严寒的暴力无法阻挡，它撼动着水手们，好像要把他们冻成碎片。呻吟未经发出，就从僵硬的唇边被刮跑。有人低声抱怨，说"从腰往下没有知觉了"，而那些闭着眼睛的人，感觉胸口压着冰块。还有一些人，因为手指感觉不到痛而震惊，无力地拍打着甲板——倔强而精疲力尽。瓦米波空茫地瞪视着。两个斯堪的纳维亚人牙齿打着战，不停地无意义地咕噜着。瘦长的苏格兰人，努力让自己的下巴不打战。大块头的西乡人麻木地躺着，粗鲁的样子不容冒犯。有个水手，要么打哈欠，要么诅咒。还有个人，喘气的时候喉咙里咕噜响。有两位老水手饱经风霜，他们紧紧靠在一起沉闷地耳语，谈论着两人恰好都认识的一位老板娘，赞美她的母性和慷慨。她经营着桑德兰的一家膳宿公寓。他们想起楼下厨房里熊熊的火和大块的牛肉。这些话慢慢地在他们嘴边模糊，以轻轻的叹息声终止。在寒冷的夜里，突然传来一声喊叫："噢，天啊！"没有人变换姿势或留意它。有一两个人，不停地用手轻轻擦过脸，但多数人保持不动。他们身体僵硬，思想却活跃得令人疲倦，众多的想法像梦一样快速生动，更迭不止。偶尔，他们会用一声突然而惊人的感叹，答复某个幻象奇怪的召唤。然后，在沉默中思索认识的面孔或熟悉的事物。他们回忆已经被遗忘的同船水手的模样，听到已经过世船长的声音。他们记起汽灯照亮的喧闹街道，酒吧潮湿的热气，或者是海上平静日子里灼人的阳光。

贝克先生离开了他不安全的位置，在艉楼上爬爬停停。夜很黑，他手脚着地像一个吃人的野兽，在尸体间寻觅。在艉楼楼梯口，他靠定一根柱子，朝风站立，看向主甲板，他感觉船好像要站起来一些似的。风小了一些，他想，但大海掀得像原来一样高。海浪恶毒地吐着泡沫，甲板的下风舷消失在嘶嘶响的白沫里，那白沫像煮沸的牛奶，而绳索用深沉振颤的声音持续歌唱着。每当船体上扬，风就在桅杆中间奔跑，拖着长长的哨响。贝克先生非常安静地观察着。他旁边有个人开始用嘴唇发出"啵啵"的声音，很突然又很大声，仿佛寒冷凶残地穿透了他。那声音不停地："啵——啵——啵——啵——啵——啵。"——"别出这怪声！”贝克先生喊，一边在黑暗里摸索。“停下！”他晃动着摸到的一条腿。——“怎么了，长官？”贝尔法斯特大声叫道，那声音像是一个人被突然唤醒了：“我们在照看那个吉米。”——“是吗？哎！别再出那怪声。你旁边是谁？”——“是我——水手长，长官！”西乡人低声咆哮道：“我们正试着别让那个可怜的家伙死掉。”——“啊，啊！”贝克先生说：“但小声点。”——“他想让我们扶他起来，到栏杆上去。”水手长接着说，有些气恼：“他说在我们的外套下面没法呼吸。”——“要是我们把他扶起来，他会掉到海里去。”另一个声音说：“太冷了，我们的手都没知觉了。”——“我不管，我要被憋死了！”吉米大声喊叫，声音清晰。——“哦，不，我的孩子！”水手长绝望地说，“在这个美好的夜晚，即使我们都走了，你也会留下！”——“你还会经历很多更糟糕的夜晚呢！”贝克先生欢快地说。——“长官，这不是儿戏！”水手长回答道，“在这边，更往后一点的地方，有些人情况很不妙。”——“如果那些可恶的杆子被砍掉，她现在就底朝下，像所有体面的船一样行驶了，也给我们每个人活命的机会。”有人说完叹了口气。——“船长不愿意……他可真关心我们！”另一个人低语道。——“关心你们？”贝克先生愤怒地吼道，“他为什么要关心你们？你们是需要别人照顾的女乘客吗？我们是来照顾船的——而你们中的一些人显然不够格。哎！……你们做了什么大好事需要被关心？哎！……你们有些人连阵风都受不了，还哭鼻子。”——“好了，长官，我们没那么糟！”贝尔法斯特抗议道，声音因为打冷战而发抖，“我们没……啵……”——“再说一遍！”大副喊道，抓住了那个昏暗的身影，“再说一遍！……嗯？你怎么只穿衬衣！你干什么了？”——“我把油布雨衣和外套盖在了那个半死的黑鬼身上——可他说要被憋死了！”贝尔法斯特抱怨道。——“如果我不是快死了，你敢叫我黑鬼？你这个爱尔兰乞丐！”詹姆斯·韦特精力旺盛、声音隆隆地说。——“你……啵……你身体再好，也不是个白人……我要跟你决斗……啵……等天好的时候……啵……我要把一只手绑在身后……啵……”——“我不想要你的破烂——我想要空气。”另一个人虚弱地、气喘吁吁地说，好像突然耗尽了体力。

海浪激起的水沫呼哨着、拍打着扫过船。争吵声、喊叫声打扰了水手们平静的麻木，让他们痛苦。他们抱怨着，低声诅咒着。贝克先生朝着下风向爬了一下，影影绰绰地看见大大的水桶，有个白色的东西靠着它。“是你吗，帕德默？”贝克先生问。他重复了两次，厨子才转过身，虚弱地咳嗽着：“是，长官！我正在心里祷告，希望判决来得快些，我已经准备好了迎接任何召唤……我——”——“是这样的，大厨！”贝克先生打断他，“伙计们冻得不行了。”——“冻？”厨子凄惨地说，“他们不久就会暖和得很了。”——“什么？”贝克先生问，眼睛看过甲板，看向冒着泡沫的海水和它浅淡的光。——“他们是群邪恶的人！”厨子严肃地继续说，但声音有些打战，“跟这个罪恶的世界上其他船上的人，差不多！现在，我——”他发着抖，几乎说不出话来。他待的地方不避风，而他只穿着一件棉布衬衫和一条薄裤子。他鼻子靠在双膝上，打着哆嗦接受刺人的、咸咸的水滴打在身上。他的声音听上去像耗尽了气力：“现在，我——任何时候……我最大的儿子，贝克先生……一个聪明的男孩……这次航程开始前，我们在岸上的最后一个礼拜天，他不肯去教堂，长官。我说：‘去把自己弄干净，否则我得知道为什么！’他怎么做的呢？……池塘，贝克先生——穿着他最好的衣服掉进了池塘，长官！……意外？……‘没东西可以救你，不管你是多好的读书人！’我说……意外！……我抽了他，长官，一直抽到我的胳膊抬不动……”他的声音开始发抖。“我抽了他！”他重复说，牙齿打着战。然后，过了一会儿，他发出了悲伤的声音，半是呻吟，半是打鼾。贝克先生摇晃着他的双肩：“嘿！大厨！坚持一下，帕德默！告诉我，厨房的水槽里还有淡水吗？我觉得船不是那么歪了，想去前面一趟。一点水也会帮到他们。嘿！醒醒！醒醒！”厨子挣扎着：“不，长官——你不能去！”他开始吃力地迎着风爬。“厨房！……是我的事！”他喊道。——“厨子要发疯了！”几个声音喊道。他大叫：“我疯？我比谁都更不怕死，包括长官们——懂吗！只要船不沉，我就能烧煮！我要给你们煮咖啡。”——“大厨，你是位绅士！”贝尔法斯特喊道。听到的人在他身后发出一声欢呼，听上去像一群生病的孩子在哀嚎。一个小时或更长时间过去了，有人字字清楚地说：“他一去不返了。”——“很可能。”水手长表示同意，“就是好天，他在甲板上走都像一头第一次坐船的奶牛，我们应该去看看怎么回事。”但没有人动。时间在黑夜里拖着缓慢的步子往前走，贝克先生在艉楼上来来回回地爬了好几次。有人觉得听到他和船长低声交谈，但在那时，与实际情况相比，回忆反倒更加真实，他们拿不准是现在听到的低语声，还是很多年前听到的，他们也不想弄明白。不管怎么说，一次低语也没什么重要的。太冷了，谁还会有好奇心？连希望都保不住。他们满脑子装的，都是怎样活下去，没法再想别的了。生的欲望让他们活着，冷漠坚忍，抵抗着大风和寒冷残忍的持久。布满星辰的黑色苍穹，在船的上方慢慢运行。船移动着，载着他们的耐心与磨难，穿越大海狂暴的孤独。

紧紧靠拢着彼此，他们却觉得孑然一身。听着海浪不停歇地咆哮，他们以深沉的静默，长时间地忍受着生存的痛苦。在夜晚，他们看到阳光，感到温暖，但突然一阵惊吓，又觉得太阳再也不会升起在这个冰冻的世界了。有人听到欢笑或歌曲，另有些人，在艉楼的尾部，听到有人在大声尖叫。等睁开眼后，惊讶地发现那叫声虽然仍能听得到，但很微弱，很遥远。水手长说：“对了，是厨子在船头喊我们，我想是他！”但他几乎无法相信自己的话或听出自己的声音。过了很久，他旁边的人才做出反应，表明自己是个活物。水手长又使劲儿地捶了另一边的人，说：“厨子在喊我们！”很多人都不明白他在说什么，另有一些人漠不关心，再后面的多数人则不相信。但水手长和另一个人有胆量往前爬一下，去看个究竟。他们好似去了很多个小时，很快就被遗忘了。但突然，本来被掷入无望忍受的人们，被去伤害他人的欲望占据了，他们用拳头痛打彼此。在黑暗中，他们一刻不停地去打周边任何让自己感到柔软的东西，然后，用比呼喊还大的气力兴奋地低语：“他们弄到了热咖啡。水手长拿着呢！”“不可能！……在哪里？”“正往这边来呢！是厨子做的。”詹姆斯·韦特呻吟了一声。唐金恶毒地往前爬，完全不管自己踹在哪里，心急火燎地想要确保长官们一滴都喝不到。咖啡是装在罐子里的，水手们轮流喝。咖啡是热的，它把贪吃的味蕾烫得起了泡，但人们还是难以置信。喝过之后，在把杯子往下传的时候，大家忍不住赞叹：“他是如何做到的？”有人虚弱地说：“大厨，你真牛！”

不管怎么样，他做到了。后来，阿奇宣称这事很神奇。很多天我们都惊讶不已，直到航程结束，它还是我们津津乐道的话题。海况好后，我们问厨子，看到炉子能始终站着，他是什么感受？在驶上东北贸易航线之后，在恬静的夜晚，我们会问他，是不是倒立着才把事情做成的。我们提出，他是把面板当筏子，在那上面舒舒服服地拨旺了炉火。我们用巧妙的反话尽可能地掩饰对他的欣赏。他则断言根本没这回事，还斥责我们轻佻，很庄重地宣布自己受了特别的恩典，才得以拯救我们这些罪恶的生命。无疑，从根本上说他是对的，但他用不着如此伤人地确信不已。他用不着总是暗示，如果不是他这个充满美德、贞洁的人在我们中间，来领受启发和力量以成就恩典，我们就惨了。如果是因为他的机敏或奋不顾身挽救了我们，我们可能会慢慢地接受这个事实，但如果让我们纯粹感恩某个人的美德和圣洁就难了，这恐怕对任何其他一撮人来说也是如此。像很多为人性做出贡献的人一样，厨子太把自己当回事了，收获的反倒是不敬。但是，并不是我们不懂得感恩，我们仍把他当英雄。他的名言——他一生的至理名言——成了口口相传的格言，就像那些征服者或圣人说出的话。后来，每当有人为某个任务感到困惑，被建议放弃时，他都会表达继续下去的决心，紧跟着会说这句话："只要船不沉，我就能烧煮！"

这杯热饮，帮我们熬过了黎明前凄冷的几个小时。低空靠近天际线的地方，染上了奇妙的淡粉、浅黄色，好似稀有贝壳内部的美妙色泽。稍高的地方，天空发出珍珠般的光泽。一小块乌云出现了，仿佛被遗忘的一小片黑夜被嵌在了耀眼的金边里。光束在海浪的波顶跳跃。水手们把目光投向了东方，阳光溢满他们疲惫的面容。他们好似把自己交付给了疲倦，与工作永远失去了关联。在辛格尔顿黑色的油布雨衣上，结晶出一层盐粒，犹如布了层灰色的霜。他睁着眼睛坚守着舵轮，却显得没有了生机。阿里斯顿船长眼睛一眨不眨地面对着升起的太阳，他的嘴唇在动。在二十四个小时里，他第一次张口说话，用清新坚定的语气吼道："改变航向！"

尖利的命令声让所有麻木迟钝的人如同受了鞭笞，突然惊醒。继而，躺着一动不动，只是习惯的力量使他们中的一些人，用几乎听不到的低语重复着命令。阿里斯顿船长看了一眼自己的船员，有几个人动着笨拙的手指、无望地挪动着，想要随波逐流。船长不耐烦地再次喊道："改变航向！贝克先生，让大家动起来。他们怎么了？"——"改变航向。听到了吗？——改变航向！"水手长突然声如暴雷地喊起来，他的声音好像打破了一个死亡魔咒。水手们开始动，开始爬。"我想让前桅中桅的支索帆漂亮地升起来！"船长非常大声地说，"如果你们没法站着去做，就是躺着也要完成——就这么简单。出把力！"——"大家来！让我们再给船一次机会！"水手长催促道。——"啊！啊！改变航向！"颤抖的声音喊叫着。艏楼的人们一脸的不情愿，准备上前。贝克先生一马当先，一边四肢着地往前爬，一边咕哝着。他在前面带路，大家跟着他到了艉楼楼梯口。另外一些人则躺着没动，心中怀着不光彩的念头，希望自己不用动，直到被救或者被安安静静地淹死。

过了一些时候，能看到他们一个接着一个出现在艏楼顶上，很不安全的样子——有人抓着栏杆，有人爬上了船锚，有人抱着绞盘的十字头，有人搂着绞盘。他们因为怪异的努力而焦躁不安——挥舞着手臂、跪着、脸朝下躺着、蹒跚着起身，好像在使出浑身解数要到海里去。突然，一小块白帆在他们中间抖动、变大、拍打着。它窄窄的头磕磕绊绊地升起来，最后，升上了桅杆，呈三角形，在阳光下舒展着。“他们成功了！”船尾的声音喊起来。阿里斯顿船长解开了手腕上的绳子，一头滚到了下风向。能看到他把大桅操桁索从拴钉上解开，回流的浪溅在他身上。船长向上朝我们喊：“升起主帆！”我们惊奇地看着他，犹豫着不动。“大桅操桁索，伙计们！拉！不管怎么样，拉啊！躺倒在地上，拉！”他尖叫着，在下面几乎被淹死。我们不觉得能扯得起主帆，但那些最强壮、最不灰心的人试图执行命令，另外一些人则将信将疑地帮把手。辛格尔顿重新握住舵辐的时候，眼里突然放着光。——“拉，伙计们！拉动它！拉，帮船一把！”船长坚毅的脸上充满了怒火。“她起身了吗，辛格尔顿？”他喊道。——“长官，还没动静！”老水手用异常嘶哑的声音回答。——“看好舵，辛格尔顿！”船长急促地说。“拉！伙计们！你们的力气难道还没有耗子的大？拉，挣你的工钱！”克莱顿先生躺着，腿肿着，他发紫的嘴唇抽搐着，脸像纸一样白，眨着眼睛。水手们争抢着往前爬，有的人抓住他，有的人爬过他受伤的腿，有的人跪在他的胸口，他一声不出、一动不动，咬紧了牙不呻吟一下，不哀叹一声。

船长的热情，这个沉默男人的叫喊声，激发了我们。我们拉，在绳子上吊成一串。我们听到他狂暴地吼唐金：“你如果不抓住索，我就用这个栓砸出你的脑浆！”唐金悲惨地趴在地上，这个人类不公的牺牲品，懦弱无耻地低声抱怨：“你现在就杀了我们好了！”但还是突然绝望地抓住了绳子。水手们哀叹着、喊叫着、呻吟着，低声说着无意义的话。主帆动了，向着风慢慢展开了。风呼啸着，吹打着桁端。——“她动了，长官！”辛格尔顿喊道，“开始动了！”——“绕住横索！绕住！”船长大声要求着。克莱顿先生几乎被压死了，没法动，但他做了巨大的努力，设法用左手抓住了绳子。——“全部绕紧了！”有人喊道。克莱顿先生闭上了眼睛，好像晕了过去。一起挤在横索周围，我们惊恐地看着，看船会怎么做。

船慢慢地起身，好像她跟船上的人一样疲惫和沮丧。她非常慢地翻转，让我们大气不敢出，简直要被憋死了，而当船尾的横梁露出水面的时候，她开始向前，让我们的心怦怦直跳。看着几乎被掀翻的她开始加速，把浸在水里的那一侧拖出水面，真的好害怕。支索的三孔滑轮搅动着阻挡它们的海水，甲板低的一侧到处是疯狂的漩涡和涡流，可以看到一长排的下风向栏杆时隐时现，像一条黑影显现在大片泡沫形成的漩涡里，而那漩涡如同一片耀眼的白雪地。大风在桅杆之间尖声歌唱着，每当船稍有颠簸，我们就以为她会从我们身下侧着身沉到海底去。置之死地而后生，她第一次明确地尝试要站起来，我们用虚弱、不和谐的叫喊声为她加油。一股巨浪一路狂奔，在到达我们的船尾之后一跃而起，在船的上方打了个卷，悬置片刻，而后劈头盖脸地摔到船的尾部，再向船的两侧铺展开去，形成一片巨大的泡沫，四溅飞射。在这一阵巨大的嘶鸣声中，我们听到辛格尔顿嘶哑的声音："船开始走了！"他把两脚稳稳地扎在格子里，松开手的时候，舵轮快速旋转。——"让风吹左舷船尾，使船保持稳定！"船长喊道，他颤巍巍地站起身，第一个从我们趴成一堆的人中间站了起来。有一两个人兴奋地大叫："船立起来了！"能看到贝克先生和另外三个人远远地站在船头，像清澈天空中的几个黑点，他们举着双臂，张大了嘴，好像在同时大喊。船摇晃着，想要托起自己的船舷，但颠了回去，像是慌忙沉下船头来放弃尝试，接下来又突然意想不到地猝然一动，猛然朝风向转去，仿佛让自己挣脱了致命的抓握。甲板托起的巨大水柱，被和盘投掷给右侧船舷，随之传来巨大的断裂声。伴着雷鸣般清晰的响声，铁做的船侧通口被冲开，水砸在右侧船舷的栏杆上，就像整条河的水冲到了堤坝上。海浪冲击着甲板、环绕在船的四周，振聋发聩地咆哮着，船在猛烈地翻滚。我们站起身，无助地跑来跑去或被甩来甩去。翻来滚去的人们大喊："桥楼要被冲走了！"——"她躲过去了！"被一个耸立的巨浪托起来，船随着浪行驶了片刻，从她受伤的身体四周喷射出巨大的水流。下风向的支索要么被冲走，要么被冲下了索栓，前桅上所有笨重的风帆，在船每次起伏的时候都被甩来甩去，而且速度惊人。船首的人蜷缩在各处，惊恐的目光不断往上看，看那巨大的桅杆在他们的头顶回旋。被扯碎的船帆和设备的碎片随风飘荡，犹如一缕缕的头发。在清澈的阳光里，在闪电般的混乱和翻腾的巨浪之上，船盲目地行驶着。她杂乱而又惊慌失措，好像在逃命。在艉楼上，我们兜来转去，跌跌撞撞，六神无主，吵闹不止。所有的人都很虚弱，但喋喋不休。每个人看上去都像生了病，做着疯子般的手势。我们消瘦的笑脸，如同敷了一层白粉，硕大的、憔悴的双眼在白粉之上闪着光。我们跺着脚、拍着手、感觉想要跳或者做任何事，但实际上几乎站都站不稳。挺拔瘦削的阿里斯顿船长发疯地在船尾朝着贝克先生打手势：“稳住前帆！尽你最大的努力稳住它们！”在主甲板上，因他的叫喊激奋的人们拍打着水，四处乱撞，泡沫的漩涡齐腰深。在远处，远在船尾的地方，辛格尔顿独自一人守着舵，他特意把白胡子塞进了发亮的油布雨衣最上面的扣窝下。他用沉稳年老的双眼，看着整个破损的船体摇晃在巨浪翻滚的喧嚣和动荡之上，看着她在起伏和颠簸中前进。他僵硬安静地站立着，神情专注，把所有的人遗忘了。在他笔直的身体前面，只有两只胳膊时刻有备地、迅速而突然地交叉转动着，来控制或督促盘旋的舵辐快速旋转。他在用心掌着舵。

第四章

不老的海，用它鄙夷的悲悯赦免了人的罪，但它是公正的，把充分品尝不安的权利加在人身上。大海运用慈悲的完美智慧，不允许人安适地沉思生存复杂艰辛的滋味。水手们必须在不朽的怜悯面前，一刻不停地为自己的生命辩护，这要求他们辛劳工作，不停歇——从日出到日落，从日落到日出，直到疲惫更迭的日日夜夜被圣贤之人对天赐之福和晴空万里的顽强呼求所感染，并最终获取补偿——被痛苦与劳作广袤无边的沉默所补偿，被那些无名无姓、健忘却持久的人的无言的恐惧和勇气所补偿。

船长和贝克先生来到了彼此面前，盯着对方看了一会儿，那热切惊奇的眼神，就像经历过多年磨难的两个人不期而遇。他们已经说不出话，只能绝望地对着彼此嘶哑地低语。“有没有人不见了？”阿里斯顿船长问道。——“没有，都在！”——“有人受伤吗？”——“只有二副。”——“我马上去看他。我们很幸运。”——“非常幸运！”贝克先生用很微弱的声音说，他用手抓着栏杆，翻着血红的眼。矮小灰白的船长用冷酷的目光紧盯着自己的大副，像刀子一样刺人，他想努力提高声音，响亮地说出："给船升帆！"他用命令的口吻说出这几个字，说完之后，薄薄的嘴唇啪地合上，不容改变。"给船升帆！能有多快就多快！现在风势很好。立马行动，先生！别让他们有时间感觉到自己，否则都会撂挑子，僵硬得动不了，我们就再也……我们现在必须让她走起来……"有个很重很长的浪头冲来，船长随着浪踉跄，栏杆浸到了闪亮嘶鸣的海水里。他抓住了一根桁桅索，被来来回回地甩到大副身上。"我们终于有好风了！鼓起风帆！"他的头在肩上摇来晃去，他的眼皮开始快速跳动："抽水泵——抽水泵，贝克先生！"他盯着大副，大副的脸距他的眼睛不到一英尺，但好像远在一英里之外。"让人手动起来——让船走起来！"他用昏昏欲睡的语调含混地说，就像一个要睡过去的人，但他突然抖擞了一下，说道："不能站着，这样不行！"他非常痛苦地试图挤出一个笑容。他放开了抓着的东西，因为船下沉，不由自主地朝船尾小步跑去，一直到了罗盘架。抓着罗盘架，他看着辛格尔顿。辛格尔顿正焦急地看着后斜帆桁，没有注意到他。"转向齿轮没问题吧？"船长问道。老水手的喉咙里有声音，仿佛他的话在说出来之前，在喉咙里咯咯作响。"没问题，容易得像驾驶艘小船。"辛格尔顿终于说出了话，嘶哑但温和，只是连半眼都没有看船长，他专注地把舵轮转低稳住，然后又转回原位。阿里斯顿船长硬生生地把自己从靠在罗盘架上的快乐扯离，开始在艉楼上走动。他摇晃着、踉跄着，尽力保持着平衡。

泵杆在主桅脚边叮叮当当地响，一上一下地跳动着，飞轮非常快速而平稳地转动。两拨绵软无力的人紧抓着泵杆，被它有规律的冲力猛地掷来掷去。水手们完全置自己于不顾，上身摇晃着，脸抽搐着，眼睛像石头一样冰冷。木匠时不时地督促大家，机械地喊着："给她加油！帮她坚持下去！"贝克先生说不出话来，但吆喝得出来，在他的斥责和激励下，水手们寻找系索，拖出新的帆布。本来都以为自己动不了了，但还是能够把重物搬到船桅上，彻底检修装置。他们摇晃着，拼着性命、攀着绳索往上爬，在换手的时候，头会眩晕。他们盲目地走在帆桁上，就像摸黑的人，有时会因为精疲力竭，不顾一切地抓住手边的绳子。一次次险些摔下来也已经搅扰不了他们疲惫、虚弱和跳动的心。海浪翻滚着，远远地在他们下面沸腾，听起来绵延不绝却很微弱，就像来自另一个世界不清晰的声响。他们摇晃着，站立不稳，而风让他们的眼睛里充满泪水，并且用一阵阵的猛吹试图把他们推下去。满脸都是水，头发飞舞着，他们在水与天之间上下翻飞。跨坐在桁端上，蹲在下缘索上，他们借着风向转换来解放双手，或靠着绳索的结站立。他们的思绪模糊地飘荡在生的欲望与休息的欲望之间，用僵硬的手指解下头饰，摸索出小刀，顽强地抓住绳索，抵抗剧烈抖动的帆布所带来的惊吓。他们凶狠地瞪视着彼此，疯狂地用一只手打着手势、另一只手保住性命。他们俯视着被水淹没的狭长的甲板，朝下风向喊着："放开！"……"拉出来！"……"系紧！"他们的嘴巴动着，眼睛瞪着，愤怒而急切地想要别人明白自己，但风把还没有送到的话扔到了喧嚣的海上。在难以忍受、永无终结的压力下，水手们像被无情的梦驱赶着，在冰或火的氛围里劳作。他们要么热得着火，要么冷得发抖，眼睛难受得像是身陷在大火中的烟雾里，头痛得好像每喊一声都会炸裂，还像是被坚硬的手指扼住了咽喉。每当有巨浪来，他们就想：这次我得放手了，我们全都得被打进海里。在被抛得很高的时候，又会疯狂地叫喊："小心——抓住绳头！"……"把绳子穿过去！"……"转这一块！"……他们要么拼命点头，要么摇着怒气冲冲的脸："不！不！从下往上！"好像往死里恨彼此。想要结束一切的渴望抓挠着他们的胸口，想要把事情做好的愿望则像燃烧的痛苦。他们诅咒命运，咒骂生命，浪费气息在彼此恶毒的辱骂上。修帆匠的秃头光着，狂热地工作着，忘记了与众多海军将领的厚密关系。水手长要么拿着绳针和成捆的粗麻纺线爬到高处，要么跪在帆桁上准备绕中部转一圈，他眼前会清晰快速地闪现自己住在荒原村落里的老婆和孩子。贝克先生感觉很虚弱，蹒跚着四处走动，他咕哝着、不屈不挠，像个铁人。他"伏击"那些从高处下来，站着喘气的人，他命令、鼓励、责骂。"喂，到中帆上去！数一下桅顶的吊索。别站在那里！"——"我们就不能休息一下吗？"抱怨声四起。他凶狠地转过身，心往下沉。——

“不！工作做不完，别想休息！只要不趴下，就工作！这就是为什么你们会在这里！”他肘边有个水手点头哈腰,大笑一声。——“干或者死！”他沙哑地说，往宽手掌里吐了口吐沫，抡起了长长的手臂，抓住了头顶上方高处的绳子，继而发出一声悲哀痛苦的叫喊，招呼大家一起拉。一个海浪冲上了后甲板，所有的人都被冲倒了，朝下风向趴着。帽子、绞盘棒四处漂。紧握的手、踢踹的腿，这儿那儿一张张地被呛到的脸，从水沫白色的嘶嘶声中冒出来。贝克先生和其他人一起被冲倒了，他尖叫着：“别让那根绳子跑了！抓住它！抓住！”尽管被蛮横地推来搡去，遍体鳞伤，但水手们仍紧抓住绳子，就好像这是他们一生的财富。船向前跑，颠簸得很厉害，最高的波峰擦过了左舷和右舷，闪耀着白色的浪尖。泵被放开了，转帆索到处都是。三张顶帆和前帆都张开了，船在水上行驶得更快，超过了疾驰的海浪。远处海浪可怕的轰鸣声在船后响起，空气中弥漫着巨大的颤动声。遍体鳞伤、破损不堪的船，划过水沫一路向北，像是被崇高努力的勇气激发了。

艏楼里潮湿且凄凉。水手们沮丧地看着住处。里面黏滑，滴着水。风吹来,空荡荡的,到处是不成样子的残骸,就像一个多石、没有遮蔽的海滩上的半潮岩洞。很多人失去了他们在这个世界上的一切，但多数右舷水手保住了储物箱，虽然有小股水流从箱子里流出来。床被浸透了，毯子都漂荡在外面，被踩在脚下的钉子挂住了。水手们从难闻的角落里拽出湿湿的破布，把水拧干，辨认着自己的东西。有些人呆板地笑着，另外一些人茫然沉默地环顾着四周。有找到旧外衣的开心呼喊，有发现无法辨认的物件时的痛苦呻吟，有很多东西混在了被冲毁的床板碎片里，有一盏灯塞在了船首斜桅下面，查理闷声哭了一会儿。诺尔斯脚步沉重地四处走动，他闻着嗅着，检查光线不好的地方，看能挽救些什么。他把一只靴子里的水倒掉，想要找到靴子的主人。有些人被自己的损失打击到了，坐在船首舱口，胳膊肘撑在膝盖上，两只拳头托着腮，木然地抬头。诺尔斯把靴子放到他们鼻子下面，问："一只很好的靴子，是你的吗？"他们咆哮着说："不是，滚！"其中一个厉声说："滚开这里，带着它下地狱吧！"诺尔斯好像有些惊讶："怎么了？这是只好靴子。"突然记起自己的衣服连个针脚都没剩，他丢下靴子，诅咒起来。在晦暗的光线里，咒骂声此起彼伏。有人走了进来，垂下双臂，站着不动，在门阶上重复说："这真是该死的老把戏！这真是该死的老把戏！"有几个人心急火燎地在满是水的储物箱里摸烟草。他们低着头，重重地喘息着，大声地吵闹着。"看那儿，杰克！"……"看！山姆！这是我上岸穿的衣服，全毁了。"有个人拎起一条滴水的裤子，眼里含着泪，咒骂着。没人理他。猫不知从哪里钻了出来，受到了热烈欢迎。水手们一个接一个地把它抓在手里，爱抚着它，低声叫着它的昵称。他们好奇，它是怎么熬过来的，并就此争论不休。口角开始了。有两个人提进来一桶淡水，大家都挤了上去，但汤姆斜着身体喵喵叫着，全身的毛都动了起来，第一个喝到了水。有几个人到后面去拿油和饼干。

黄昏的时候，在打扫甲板的间隙，大家啃了硬面包，一起安排“无论怎样，共渡艰难”。船员们搭起伙来，共享铺位；就靴子和油布雨衣的使用，也排好了次序。他们用欢快的声音称呼彼此“老伙计”和“小伙子”，友善的拍击声四处回响，大家大声地说笑着。有一两个人在湿的甲板上舒展着四肢，头枕着弯曲的胳膊睡了。另有几个人坐在门阶上吸着烟，他们疲倦的面容出现在一层薄薄的蓝色烟雾里，眼睛闪着光，显得很平和。水手长把头探进门，朝着里面喊：“你们得有个人换下舵手！现在六点钟。要是老辛格尔顿掌舵没超过三十小时，算我没说。你们真是群好人！”说完，他砰地把门关上了。有人说：“现在是大副在甲板当班。”有三四个人一起喊道：“嘿，唐金！该你换班了！”唐金爬到了一张空空的铺位上，在湿床板上躺着一动不动。“唐金，该你掌舵了！”他一声不吭。“唐金死了！”有人大笑着说。“把他该死的衣服都卖掉！”另一个人喊道。“唐金，如果你不去掌那该死的舵，他们要卖掉你的衣服，听到没？”第三个人戏弄他。唐金在自己的黑窝里呻吟，抱怨每根骨头都疼，可怜兮兮地呜咽。“他不会去，”有人鄙视地喊，“戴维斯，轮到你了！”年轻的水手痛苦地站起身，舒展一下肩膀。唐金探出头，在黄色的灯光里，脸色看上去很虚弱，惨白得吓人。“我给你一磅烟草，”他用安抚的声音哀求道，“等我从船尾一拿到就给你。我会的——请帮帮我……”戴维斯向后抡了抡手臂，遮住了头。“我去，”他说，“但你得买单。”他脚步不稳但很坚定地朝门口走去。“我会的！”唐金在他身后探出身，兴奋地大喊，“我会的——请帮我……一磅……要三先令呢！”戴维斯一下打开了门，扭头喊道：“等天好了……你得付我钱！”有人快速解下湿大衣，扔到他头上。“嘿，年轻人——拿着这个，你这强盗！”“谢谢你！”在黑暗里，他的喊声盖过了海浪翻滚的声音。能听到他拍打着水往前走，有一个海浪哗的一声落到了船上。“他已经被浇透了。”一位老水手阴沉地说。“是啊，是啊！”其他人附和道。然后，过了很久，瓦米波发出了奇怪的声音。“嘿，你怎么了？”有人暴躁地说。“他说他本想着替戴维去。”阿奇解释道，他一般都是芬兰人的翻译。“我相信他！”有些声音喊道。“没事，芬兰人……你会的，糊涂虫……你很快也会轮到……人不知道自己什么时候会走运。”他们停止了谈话，一起把头转向了门口。辛格尔顿走了进来，他迈出两步，站着稍稍有些摇晃。海水发出嘶嘶声，咆哮着流过船头，艏楼震颤着，到处都是深沉的低语声。灯蹿出火花，像钟摆一样摇晃着。辛格尔顿如同做梦一般，困惑地看着大家，好像无法区分不动的人和他们躁动的影子。水手们发出满怀敬佩的感叹：“嘿！嘿！”“现在外面怎么样了，辛格尔顿？”那些坐在舱口的人，默默地抬起了双眼，船上第二年长的水手（他和辛格尔顿彼此理解，虽然俩人一天说不上三个字）抬眼专注地看了自己的朋友一会儿，然后把一个短的泥烟斗从嘴里拿出来，一声不响地递给辛格尔顿。辛格尔顿伸出胳膊去接，没够到，踉跄了一下，突然向前倾倒，一头栽了下去，发出巨大的声响，就像一棵树被连根拔起。大家迅速冲了上去，你推我挤，喊着："他完了！"……"把他翻过来！"……"给他让地方！"周围围了一圈受惊吓的脸，都俯身看着他。辛格尔顿仰卧着，用一种让人难以忍受的方式不停地向上瞪着。在一片愕然中，是让人窒息的静默，辛格尔顿用刺耳的声音低语道："我没事。"他握紧了双手。水手们帮他站起身，他沮丧含混地说："我老了……老了。"——"你才不会呢！"贝尔法斯特很通人情地说。一圈人扶着他，辛格尔顿垂着头。"你好些了吗？"大家问。他黑色的大眼睛透过双眉注视着水手们，胸前是浓密的白胡须，又厚又长。他严肃地重复道："老了！老了！"大家扶着他，到了他的铺位。上面有一堆又黏滑又软的东西，发着怪味，就像退潮之后泥泞的浅滩，那是他的草垫子被浸透了。他抽搐着，努力让自己到了铺位上。大家能听到，他在那个狭窄黑暗的小地方怒吼着，犹如一头恼怒凶残的野兽，在自己的窝里不舒服："这么点小风……什么大事……竟然站不起来……老了！"最后，他睡着了，穿着长海靴，头上还戴着长油布雨衣的帽子，身上的油布雨衣沙沙作响。他深深地叹息着、呻吟着，翻了个身。大家安静地、关心地谈论着他。“这次毁了他。”……“他壮得像匹马。”……“唉，他已经不是原来的他了。”……伤心地低语着，水手们的谈话渐渐停止了。然而，半夜的时候，辛格尔顿照常到甲板上值班，就像什么都没发生。当自己的名字被叫到时，他悲伤地应了声：“到！”从此，辛格尔顿更多的时候面带忧伤，孤独地沉思。他的沉默难以穿透。很多年来，他听人叫他“老辛格尔顿”，总是欣然地接受，把它当作一种尊敬。这是他应得的，因为在半个世纪里，面对大海的恩惠和愤怒，他的力量得到了有效的验证。他从未想过自己可朽的生命，只是毫发无损地活着，仿佛他是不可摧毁的。他降服于所有的诱惑，经受过很多狂风。他曾在烈日下气喘吁吁，在严寒里瑟瑟发抖，他挨过饿，受过渴，经历过堕落；他经受过很多的考验，知道所有的愤怒。老了！他好像觉得自己终于撑不住了，就像一个人在睡梦中遭了背叛，被绑了起来，在醒来的时候发现，自己被忽略的年岁用长长的链条捆住了。他得马上担起整个生存的重担，但他发现，这对于他的力量来说太重了。老了！他动了动胳膊，摇了摇头，摸了一下四肢。人在老……然后呢？他看着不老的海，渐渐觉醒，摸索出它无情的威力。他看到大海毫无变化，在繁星永恒的审视下一片漆黑，喷吐着泡沫。他听到它不耐烦的声音在呼喊他，这声音源于无情的广袤，其中满含着不安、动荡和恐惧。他从远处观望着它，看到一个盲目痛苦的巨大存在，呻吟着、怒号着，索取了他顽强生命的每一天，而且，当生命结束的时候，还会索取他耗尽了的、被奴役的身体。

这是最后的风。它很快转向变作了东南强风，一路直到把自己吹累了，给了船令人非常愉快的北向猛推，把她送到了充满欢乐阳光的贸易风。白色的船，头顶蓝天，脚沾蓝色海水铺就的平原，一路疾驰，笔直地驶向家乡。她载着辛格尔顿完满了的智慧，唐金脆弱的情感，还有我们的自负和愚蠢。已经过期的动乱时刻被忘却。在和平发光的好日子里，黑暗时刻的恐惧和痛苦不再被提及。从那时起，我们的生命重新开始，犹如死过之后的复苏。航程的整个第一部分，即在好望角另一边、印度洋的那部分，都整个消失在薄雾中，犹如前世根深蒂固、无法根除的那么一点东西。它过去了——然后是空白的时段：一段铅色的模糊时光——在这之后，我们又一次活了过来！辛格尔顿拥有了关于灾难的智慧；克莱顿先生伤了一条腿；厨子收获了荣誉，但凡有机会，他就对此做无耻的滥用。唐金的不满又加重了一重。他四处走动，固执地重复："他说要砸开我的脑壳——你们当时听到了吗？现在，为了一丁点儿小事，就想杀了我们。"大家终于开始觉得，这实在是很糟糕，而且，我们非常高傲自负！我们鼓吹自己的胆识、工作的能力，还有力量。我们记得光荣的时刻——我们的奉献和不可战胜的坚持，并以它们为荣，仿佛那是在没有任何帮助的情况下，大家一时冲动的结果。我们记得当时的危险和我们的辛劳，也颇合时宜地忘记了彼时可怕的恐惧。我们谴责自己的官长——他们什么都没做——倾听着令人着迷的唐金。他对我们权利的关心，他对我们的尊严毫不利己的忧虑，都不会因为我们言语上一成不变的侮辱、眼神上的蔑视而改变。我们无限地鄙视他，但我们别无选择，只能饶有兴致地倾听这位技艺炉火纯青的艺术家。他告诉我们：我们是好人——“一群该死的、受诅咒的好人”。谁谢过我们？谁留意过我们的委屈？难道我们不是“过着狗一样的生活，一个月挣两英镑十先令”？难道我们觉得那么点可怜的工钱，足够弥补我们以生命冒的险，还有所有丢失的衣物吗？“我们失去了每一片破布！”他喊道。他使我们忘记了：无论如何，他没有丢自己的任何东西。年轻人听着，心想：这个唐金是个有远见的家伙，虽然他怎么都算不上是个像样的人。他的大胆吓到了斯堪的纳维亚人，瓦米波没听懂，年长的水手们若有所思地点着头，使得他们细细的金耳环在厚实的、毛茸茸的耳垂上发亮。严肃的、晒黑的脸膛撑在画有文身的手臂上，沉思着。青筋暴露、棕色的拳头，骨节嶙峋地握着呛人的、脏兮兮的白色泥烟袋。他们倾听着，不可参透。他们虎背熊腰、双肩佝偻，阴沉地静默着。唐金讲得热情洋溢，被鄙视但却无法被驳倒。他独特的、污秽的喧噪，像一条糟乱的河在流淌，河水的源头受到了污染。他晶亮如珠般的小眼睛滴溜溜地转着，左顾右盼，警惕着长官们的到来。有时，贝克先生要经过艏楼到前面去看一下船首帆，但会因为人群的突然静默而笨拙地转身，或者克莱顿先生瘸着腿经过，他脸面白净，充满青春气息，但比以往更为严肃，用一双清澈的眼睛敏锐地一瞥，便看透我们短时的沉默。二副一转身，唐金就鬼鬼祟祟、飞快地斜着眼睛看："瞧，这是他们中的一个。那天，你们有些人把他绑紧，可得到什么感谢了呢？难道他们不是变本加厉地驱使人？……当时就该让他滑进海里。……为什么不呢？那会省去很多麻烦？不是吗？"他神秘兮兮地靠近我们，然后再很讲求效果地后退。他低语、尖叫，挥舞着可怜的麻秆一样的胳膊——伸长了瘦骨嶙峋的脖子——唾沫星子乱飞——也斜着眼睛。在他激情演讲的间隙，风在高处静静地叹息，被忽略的海在船两侧发出警告的低语。我们痛恨这个人，但却无法否定他论点里的合理性。这一切都是那么地显而易见。毫无疑问，我们是好人。我们应得的多，而实际得到的很少。通过我们的努力，船得救了，船长却独自居功。他做了什么呢？我们倒想知道。唐金问："如果没有我们，他能做什么？"这我们回答不了。我们受着世界不公正的压迫，而且惊讶于我们在重压之下生活了那么久，竟然没有意识到自己不幸的处境，这让我们觉察到自身的愚蠢和洞察力的匮乏，从而内心充满不安的疑虑并感到气恼。唐金安慰我们说，都是因为我们的"好心"，但我们无法被这肤浅的诡辩慰藉。我们足够男人，可以勇敢地承认自己智力上的不足。也是从那时起，我们不再踢他、拧他的鼻子，或者是不小心地把他打来打去，这最后一项，本来是我们渡过好望角之后流行起来的娱乐方式。戴维斯不再谈论黑眼睛、扁鼻子来冒犯他。查理在大风之后老实了很多，也不再戏弄他。诺尔斯谦恭地、带着狡黠的神情提出了如下问题：“我们能和副官们吃同样的食物吗？我们能停止干活，直到目的达到吗？这个要求满足之后，我们再要求什么呢？”唐金立马鄙夷、确信地给出答复。他信心满怀、趾高气扬地走着，只是穿的衣服对他来说太大了，像是要伪装自己。这些衣服多来自吉米，尽管他愿意接受任何人的东西，但除了吉米，没有人匀得出什么了。他对吉米的热爱是无限的。他总是躲在那间小船舱里，照顾吉米的需要，迁就他的怪想法，顺服于他吹毛求疵的坏脾气，还经常跟他一起大笑。没有什么能够阻止他在看望病人这件工作上尽职尽责，尤其是当甲板上有很重的搬运任务时。有两次，贝克先生拎着他的后脖颈把他从那里拉出来，引起我们难以言喻的愤怒。难道生病的人要被撂下不管吗？难道我们要因为照顾船友而遭受凌辱吗？——“怎么了？”贝克先生咆哮道，恶狠狠地转向低语的人，围了半圈的人同时后退了一步。“升起中桅的翼横帆，快去！唐金，检查齿轮！”大副坚定地命令道：“把帆布拿来，把落帆索系好。出把力！”然后，帆升好了。大副慢慢地走到船尾，站在那里看了罗盘很久，忧心忡忡、满脸愁容，好像被弥漫在整艘船的无法解释的恶意，压得喘不过气来。“他们在搞什么鬼？”他想，“搞不懂这些踌躇不前、低声吼叫是什么意思。而且，眼下多数人都加入了进去。”在甲板上，大家交换着尖刻的话语，都是因为愚蠢的愤怒而起。有些事不公平，既无法否认，也无法补救。通常唐金讲完很久了，大家还会继续咬耳朵。我们的小世界航行在曲折坚定的航线上，载着一船不满的有追求的水手。他们找到了一种忧伤的慰藉，即沉浸在对自己无人欣赏的价值的无尽的谨慎的分析中。受了唐金充满希望的信条的启发，他们热情地向往着未来的日子。到那时，每一艘孤独的船，都会行驶在平静的海面上，所有船员都是富有的、锦衣玉食的船长。

看上去，航程可能会很长。轻松飘摇的东南航线已经被抛在了后面，然后是赤道和低矮的灰色天空。船在闷热的大气里，飘荡在平滑的海面上，那海就像一张巨大的磨砂玻璃。雷飑悬在天际，也环绕在船的四围，还在远处愤怒地低吼，就像一群野兽，不敢发起攻击。隐身的太阳掠过笔直的桅杆，在云层之上形成模糊昏暗的斑点。在黯淡的海面上，从东到西，有一块相似的、消退中的光辉与它同步。在夜间，透过无法穿越的天与地的黑暗，大片的火焰无声地摇摆着。片刻间，因无风而停滞不前的船以及她的桅杆和支索便清晰显现，每张帆、每根绳在火红的爆裂中漆黑可见，就像一艘烧焦的船被围在了火球中间。再一次，船长时间地迷失在黑夜、寂静、广袤的宇宙里。四处飘荡着温柔的叹息，如同被遗弃的灵魂，让静静的船帆打战，好似受了突然的惊吓。氤氲海面之上的涟漪，在远处低声诉说着它的同情——那声音微弱、悲伤、没有边际……

灯熄灭之后，透过大开着的门，吉米在枕头上转过头，他能够看到上桅台栏杆，以及以栏杆为准的这条直线以外的地方，一个由蹿跳的火苗和沉睡的海水构成的奇妙世界，宛若快速重复出现的幻觉渐渐消退。闪电在他黑色、忧伤的大眼睛里发光，就像一个红色闪烁的点，再在他黑色的脸上燃烧殆尽。他便躺在那里，什么也看不见，消失在浓浓的夜色中。他能听到安静的甲板上的轻轻脚落声，在门阶上休息的人的喘息声，摇晃的桅杆低低的吱嘎声，或者是值班副官平静的声音在上方回响——在一动不动的船帆中间，这声音听起来坚定而响亮。他贪婪地听着，任其失眠疲惫地游荡。他专注地捕捉最微小的声响，偶尔休息一下。咔嚓咔嚓的滑轮声给予他安慰，值班水手的动静和低语让他有安全感，某个困倦水手慢慢的哈欠声让他感到舒适，这位水手特意在甲板上安顿下来，小睡了一会儿。生命好似是无法摧毁的东西，它在黑暗、阳光、睡眠中继续，它不知疲倦、充满爱意地盘旋在吉米伪装的即将来临的死亡周围。它很明亮，犹如闪电扭曲的光芒，比黑色的夜晚更富于变幻。它让他觉得安全：生命无法抵挡的黑暗带来的平静，就像它躁动、危险的光一样宝贵。

但傍晚换班的时候，甚至是到第一轮夜班很晚的时候，总能看到一撮人聚集在吉米的门前。他们交叉着腿、靠在门两边，平和而着迷。他们跨在门槛上交谈，或者两两沉默地坐在他的储物箱上。而在靠舷墙放着的备用中桅上，三四个人坐成一排，若有所思地凝视着，他们朴实的面孔被吉米的灯照亮。这间小小的舱室，被重新粉刷成了白色，在夜晚，仿佛一个银色神龛一样闪亮。在它里面，一位黑人偶像僵硬地躺在毯子下面，眨着他疲惫的双眼，接受我们的敬意。唐金做主持。他的神情，就像一位演示员在展示一个奇迹，一个奇怪简单、功勋卓著的表征，对于旁观者来说，应该是一堂深刻而持久的课。“看看他吧，他明辨是非，从不畏惧！”他时不时地感叹，挥舞着皮包骨头、僵硬的手，犹如鹬的脚爪。吉米平躺在床上，一动不动，有所保留地微笑着。他假装极其虚弱无力，以此向我们表明我们没有及时把他从可怕的困境里拉出来，还有后来在艉楼度过的那个夜晚，我们自私地忽略他的需要，这些都给了他致命的一击。他很喜欢谈论此事，当然了，我们也总是被吸引。他说起话来断断续续：说的时候很快，中间又停顿很久，就像微醉的人走路的样子……“厨子刚刚给了我一小杯热咖啡。……猛地放到我胸口，哐地摔上门……我觉得有大浪要来，想要保住咖啡，结果烫了手……摔下了床……船一下翻了过去……海水从换气扇灌了进来……我打不开门……整个船舱黑得像坟墓……试着爬到上铺去……老鼠……我往上爬的时候，一只老鼠咬了我的手指……我能听到它在我下面游……我以为你们永远都不会来……都掉进了海里…… 当然了…… 除了风,什么也听不到。…… 然后,你们来了。我猜是来找尸首的。又过了一会儿……”

“伙计！你可是在这里面闹了很大的动静。”阿奇说道，像是在沉思。

“你们这些家伙在上面那么吵。…… 能吓倒任何人。…… 我不知道你们要干什么。…… 猛砸该死的板条…… 我的头…… 真是一群愚蠢、可怕的傻瓜会做的。…… 不管怎么说，对我没什么好处。…… 比淹死…… 好不到哪里去…… 呸！”

他呻吟着，猛咬自己的大白牙，不屑地盯着我们。贝尔法斯特抬起了一双忧伤的眼睛，嘴角挂着心碎的微笑，偷偷握紧了拳头；蓝眼睛的阿奇手犹豫地抚摸着自己红色的腮须；水手长在门口盯着看了一会儿，粗暴地走开了，带着大声的狂笑；瓦米波做着梦…… 唐金摸着光溜溜的下巴，上面就只有那么几根胡须，然后斜瞥着吉米，耀武扬威地说:“瞧瞧他！希望我有他一半健康——真的。”他朝船的后方晃动着短短的拇指说:“这是对付他们最好的方法！”他尖叫着，表现出的热心不那么自然。吉米用蛮愉悦的声音说:“别当该死的傻瓜！”诺尔斯肩膀蹭着门柱，狡猾地评论道:“我们不可能都装病——那是叛乱。”——“叛乱——胡扯！”唐金奚落道,“没有该死的法律禁止生病。”——“拒绝承担责任，拘禁六周。”诺尔斯争辩说，“我记得在卡迪夫见到过一艘船的船员，他们说船装得过满——但她根本没超重。

一位慈爱的白胡须老绅士，手拿一把伞，来到了码头跟水手们谈。他说，只为了给船主多挣几镑钱而在冬天里淹死太残忍了。他几乎对着船员们哭了。他穿着像方形主帆一样的外套，戴着像顶帆一样的礼帽，一切中规中矩。因此，水手们说他们不愿意在大冬天里淹死，全靠这位查看载重线的老人帮他们在法庭上说话。他们以为自己走了大运，会多出两三天的薪水，但法官判了他们六个星期，因为船没有超载。不管怎么说，那些说了算的人在法庭上弄明白了船没超载。在佩纳斯码头，根本不会有一艘超载的船。好像那只老浣熊只是接受了一些好心人的付费和补贴，奉命查看船的载重，而他看到的还没有他的那把伞远。住在膳宿公寓的我们几个——我当时正在卡迪夫找工作——埋伏在码头，想把那个会哭的老骗子推到水里。我们小心也守候着，但他一出法庭就溜了……是的，他们整整坐了六个星期的牢……”

水手们好奇地听着，诺尔斯停顿的时候，他们就点头，面色粗犷凝重。唐金嘴巴张了一两次，但控制住自己没说话。吉米睁着大眼静静地躺着，一点都不感兴趣。一个水手发表见解说，那是残暴不公的裁定：“那些该死的法官们拿着船长的钱去买醉。”其他人也都认同，这是显而易见的。唐金说：“嗯，六个星期不是什么大事。在监狱里，人能按时睡觉，一睡一晚上，而且是头贴着枕头睡。”“唐金，你是监狱的常客，对不对？”有人问道。吉米笑了。这让每个人都欢快极了。诺尔斯头脑灵活得惊人，他转变了立场，问道：“如果我们都病了，船会怎么样呢？”他提出这个问题，冲着四周咧嘴笑。——“让她去见鬼！”唐金冷笑道，“让她去死，她又不是你的！”——“什么？就让她自己漂？”诺尔斯用难以置信的口吻坚持道。——“啊！漂，然后见鬼！”唐金不计后果地做出肯定。诺尔斯还没弄明白——沉思着。“储备会用光，”他咕哝道，“哪里都去不了……那付薪水的日子呢？”他更加觉得唐金的说法不靠谱。——“杰克喜欢付薪水的日子！”一个坐在门阶上听的人喊道。“啊，因为到时姑娘们会一个人搂着他的脖子，另一个把手伸进他的口袋里，叫他宝贝儿。是不是啊，杰克？”——“杰克，你是姑娘们的噩梦。”——“他一下跟三个姑娘好，就像沃特金斯的双烟囱拖轮，摇摇摆摆地后面拖着三艘船。”——“杰克，你是个跛脚的流氓。”——“杰克，跟我们说说那个一只蓝眼睛、一只黑眼睛的姑娘。说说呗！”——“大路上有很多女孩一只眼睛是黑的……”——“不，是那个特别的姑娘——别来了，杰克！”唐金看上去很严厉、很恶心的样子；吉米觉得很无聊；一个灰头发的老水手被逗乐了，轻轻摇着头，看着烟斗笑了，但有些小心翼翼。诺尔斯困惑地转着身，结结巴巴地一会儿跟这个说，一会儿跟那个说：“不是的！……我从没有！……跟你们这些人，一句正经话都说不了。……总是逗乐。”他窘迫地败下阵来——嘟哝着，也有些自鸣得意。他们在吉米的床周围，在自然的光里，大笑着、尖叫着。吉米凹陷的黑脸在白色的枕头上焦躁地动来动去。一阵风吹来，让灯的火苗蹿了一下，在外面高高的地方，船帆飘动着，而就近处前桅帆敲击着铁舷墙嗡嗡作响。远处有声音在喊：“上风向转舵！”有一个弱一点的声音回答：“长官，已经转好！”水手们都沉默了——有所期待地等着。灰头发的水手在门阶上磕了磕烟斗，站了起来。船轻轻侧了一下身，海好像醒了，懒洋洋地低语着。“来了点风。”有人低声说。吉米慢慢地转身迎向风。有声音在夜里喊，命令道：“把后纵帆拉出来！”门口的人从光里消失了。能听到他们一边往船尾走，一边用不同的声调重复着：“拉出后纵帆！”……“拉出后纵帆，长官！”只有唐金一个人留了下来，守着吉米。一片静默。吉米把嘴唇张开合上好几次，好像在吞下清新一些的空气。唐金动着光脚上的脚趾头，沉思地盯着他看。

“你不去帮把手，把帆升起来吗？”吉米问。

“不！如果他们六个人还没有足够的力气把那该死的、烂透了的后纵帆升起来，那他们就不配活了。”唐金回答道，声音听上去很烦、很遥远，仿佛他是在洞底说话。吉米带着一种奇怪的兴趣，端详着眼前圆锥形的、鸟一样的轮廓。他将身体探出铺位，脸上带着算计、拿不准的神情，像是一个人在寻思：要捕捉一个奇怪的生物，用什么办法最好呢？这东西看上去像是会叮人或咬人。但他只是说道：“大副会找你，又要一番吵闹。”

唐金起身要走，又扭头说：“等趁着天黑，我要干掉他。等着瞧吧！”

吉米很快地说：“你像一只宠物鹦鹉，一只尖叫的鹦鹉。”唐金停了下来，很专注地把头歪向一边。他的大耳朵竖了起来，透明得能看见经络，就像蝙蝠薄薄的翅膀。

“什么意思？”他背对着吉米问道。

“什么意思？喋喋不休地把你知道的都说出来——就像……一只肮脏的凤头鹦鹉。”

唐金等着。他能听到另一个人的喘息，又长又低沉，像是一个胸口压着一百英担[①]重物的人。然后，他平静地问：“我知道什么？”

“什么？……我告诉过你什么……没多少。你那样谈论我的健康……什么意思？”

“这是十足的欺骗。十足的、恶臭的、一流的骗局——但骗不了我。不可能！”

吉米一动不动。唐金将手插在口袋里，没精打采地一步跨到床边。

“我就要说——怎么了。他们不是男人——是一群绵羊。一群被驱赶的羊。我揭发了你……为什么不？你很有钱。”

“我是有钱……但我说的不是这个……”

“嗯，让他们知道，让他们知道一个人能做什么。我是个男人，

① 英担是重量单位，1 英担折合 112 磅，即约 50.802 千克。

对你了如指掌……”吉米摔到了枕头上，让自己离远些，但另一个人伸长了瘦骨嶙峋的脖子，冲他点着鸟一样的脸，就像要啄他的眼睛。“我是个男人。即使见识了殖民地所有的监狱，也绝不放弃自己的权利……”

“你是监狱的台柱子。”吉米无力地说。

“我是……也以此为荣。你！你连点该死的勇气都没有——所以发明了这出骗人的演出……”他停了一下，然后明显地要放个马后炮，强调说：“你没病——对不对？”

“没！”吉米坚定地说，“可今年老是不得劲。”他含糊地说，话音突然低了下来。

唐金闭上了一只眼睛，友好又机密。他耳语道：“你之前这么做过，对不对？”吉米笑了——然后像是停不下来，情不自禁地说：“上一艘船，是的。航程中我不舒服。明白了吗？很简单。他们在加尔各答给我付清了工资，船长一点都没犹豫……我拿到了自己的钱。攒了五十八美元！那些傻瓜！哦，天啊！那些傻瓜！立马付清！”他断断续续地笑着，中间也夹杂着唐金咯咯的笑声。然后，吉米剧烈地咳嗽起来。等他一喘过气来，就说：“我像往常一样好。”

唐金做了个付之一笑的动作。“随着时间的推移，”他满含深意地说，“每个人都能看出来。”——“他们不会！”吉米说，像条鱼一样大口喘着气。——“他们能吞下任何奇谈。”唐金附和道，“只要你别泄露太多。”吉米用精疲力竭的声音规劝说。——“你的小把戏？嗯？”唐金快活地评论道，但又突然厌恶地说：“你只为自己。如果你是对的……”

被这样指控利己，詹姆斯·韦特把毯子拉到下巴上，静静地躺了一会儿。他的厚嘴唇凸起来，总是一副噘着黑嘴的模样。“你为什么那么爱捣乱？”他不怎么感兴趣地问道。

“因为该死的耻辱！我们吃糟糕的食物……拿糟糕的工资……我想挑起一场该死的吵闹，一场浑蛋的大声的吵闹，一场能让他们记住的吵闹！随便打人……狠狠揍我们的头……好啊！难道我们不是人？”他无私的愤慨燃烧着。然后，他平静地说：“我晒了你的衣服。”——“好的。”吉米有气无力地回答，“把它们收进来吧。”——“把你箱子的钥匙给我，我帮你把衣服放好。”唐金友好急切地说。——“你收进来，我自己放就行。”詹姆斯·韦特严厉地回答。唐金垂下了眼睛，小声嘀咕……“你说什么？你说什么？”韦特焦虑地询问。——“没什么。今天晚上很干，让它们挂到明天早上吧！”唐金用一种奇怪颤抖的声音说，好似憋住了笑或者是愤怒。吉米像是满意了。——“往我杯里倒些水吧，晚上喝。就在那边。”他说道。唐金一步迈到了门阶，粗暴地回答：“自己倒吧！你可以的，除非真病了。”——“我当然可以自己倒，”韦特说，“只是……”——“好啊，那就自己来！”唐金恶毒地说：“如果你能替自己管好衣服，你也能管好你自己！”他头也不回地到甲板去了。

吉米伸手拿杯子，一滴水也没有。他轻轻叹了口气，把杯子放回去，闭上了眼睛，心想：只要我要，那个疯子贝尔法斯特会给我拿水来。傻瓜！我好渴。……船舱里很热。舱室像是慢慢转了起来，离开了船，平稳地向舷外转，进入了一个明亮荒芜的空间。在那里，一轮黑色的太阳照耀着，船舱转得很快。一个没有水的地方！没有水！有一个警察，长着唐金的脸，在一口空井边喝了一杯啤酒，然后使劲儿地拍打着翅膀飞走了。有一艘船，桅杆直冲云霄，但看不到。它在倾泻谷物，风把干燥的谷壳旋起来，呈螺旋状在船坞的码头上飞，船坞里没有水。他和谷壳一起旋转——很累很轻。他的内脏全都没有了，感觉比谷壳还轻——还干。他空空的胸膛开始膨胀，空气流淌进来，仓促中带来很多奇怪的东西，比如房屋、树木、人和灯柱。……没有了！没有空气了——但他还没吸完一口长长的气，发现自己已经在监狱里了！他们要把他关起来。门猛地被关上了。他们把钥匙转了两圈，把一桶水泼到他身上——噗！为什么呢？

他睁开了眼睛，觉得之前的那一跌，对一个空壳——空空——空空的人来说，太重了。他在自己的船舱里。啊！谢天谢地！他的脸上淌着汗，胳膊比铅还重。他看到厨子站在门廊，一手拿着铜钥匙，一手拎着一只闪亮的锡铁挂壶。

“我把厨房锁上了，晚上不会开。”厨子说，散发着仁爱的光。

“钟刚敲了八下。吉米，我给你带了一壶凉茶，晚上喝，还加了点长官们的白糖。好吧，这应该不会让船碎掉。”

他进到舱里，把壶挂在了床边，敷衍道：“感觉怎么样？”又顺势坐在了箱子上。——“嗯。”韦特咕哝了一声，很不友好。厨子用一块脏兮兮的破布擦了擦脸，后来，又把它系到了脖子上。——“蒸汽船里的司炉就是这个样子，”他平静地说，对自己很满意，“我在想，我的工作和他们一样繁重，时间还更长。你有没有见过他们待在底下的锅炉房？看上去就像鬼一样——加煤——加煤——加煤——待在船舱底下。”

厨子用食指指着甲板。有个阴郁的想法让他红光满面的脸黯淡了，就像一片行云的阴影投在了光洁平静的海面上，转瞬逝去。换下班的水手，脚步沉重地往前走，他们一起从吉米门口的光中经过。有人喊：“晚安！”贝尔法斯特停了一下，看了一眼吉米，因为压抑的情感而颤抖，说不出话来。他又满含着强烈、不祥的感觉，看了厨子一眼，然后消失了。厨子清了清喉咙。吉米朝上瞪着眼睛，像是一个躲藏中的人，一动不动。

夜空晴朗，刮着温和的风。在桅杆之上，银河璀璨的曲线横跨夜空，如同永恒之光搭建的凯旋门，架在了大地漆黑的路径上。在艏楼甲板上，有人大声而精准地哼着一首吉格舞曲，还可以隐约听到另一个人随着拍子起舞。从艏楼传来乱糟糟的低语声和欢笑声，还有歌曲片段。厨子摇了摇头，斜着眼睛看吉米，开始嘟哝："唉！又唱又跳。他们就只想着这些。我很惊讶上天不会厌倦。……他们忘记了那注定要来的一天……但是你……"

吉米匆匆喝了一大口茶，像是偷来的，然后缩到了毯子下面，缓缓地往舷墙靠。厨子起身关上门，然后又坐下了，字字清晰地说："每当我捣炉膛里的火，就想到你们这些人——诅咒、偷盗、撒谎，还有更糟糕的事——就像没有另一个世界这回事。……而且，在某种程度上，大家也都不是坏人。"他慢条斯理地肯定道，然后，经过了一段时间心怀遗憾的沉思，他有些逆来顺受地继续说："唉，唉！等他们到了地狱，会有滚烫的日子。我是说'滚烫'，对吗？即使白星航运公司蒸汽船的火炉，也无法与它同日而语。"

他很静地待了一会儿，脑子里掀起一股巨大的翻腾，出现了一个轮廓清晰但又混乱的幻象，充满活力的歌曲制造出令人兴奋的喧闹声，而后是痛苦的呻吟声。他痛苦过，享受过，欣赏过，赞同过。他感受到愉悦、恐惧和兴奋——就像在那天晚上（那是二十七年前，他生命中唯一的一次，他喜欢记住具体的年岁），他还是个年轻人的时候，因为交友不良，在伦敦东区的一个音乐厅里喝醉了。突然涌起的一阵情感一下把他干干净净地冲出了体外，他飞了起来，思虑着死后的秘密。这个秘密主动招呼着他，它好极了。他爱它，爱自己，爱船上所有的人，爱吉米。他的心洋溢着温情、理解、干预的欲望、对那个黑人灵魂的焦虑、对拥有永生的自豪，还有对强大力量的感受。他要双手抱起他，直接把他抛进救赎的中心。……黑色的灵魂——更黑的——身体——腐烂——恶魔。不！说话——力量——参孙。……他的耳朵里有一阵巨大的喧闹，就好像钹和铙的声响；发亮的脸、百合花、祷告书、非人世的喜悦、白衬衫、金竖琴、黑大衣、羽翼形成了令人狂喜的杂乱的一堆，在他心中闪过。他看到飘飘的衣袂，须根清净的脸庞，光的海洋——高音的湖泊，还有甜香的味道，硫黄的气味——白色迷雾中四处舔舐的红色火舌。一个可怕的声音发出雷鸣般的声音！……它持续了三秒。

"吉米！"他用得天授意的语气喊道。然后，犹疑了一下。在他极端幻想出来的地狱迷雾中，尚有人性悲悯的火花闪烁着。

"怎么了？"詹姆斯·韦特不情愿地说，两人都沉默了。吉米非常非常轻地转了一下头，很谨慎地偷瞧了一眼。厨子的嘴巴在动，但没有声响。他的脸上带着狂喜，眼睛向上望着，像是在心里祈求甲板梁、挂灯的铜钩和两只蟑螂的帮助。

"喂，"韦特说，"我要睡了，我想我能睡着。"

"这不是睡觉的时候！"厨子非常大声地喊了出来。他已经虔诚地让自己摆脱了最后一丝人性，变作了一个声音——一个没有形体的崇高存在，就像在那个难忘的夜晚——他走过了海浪，去为濒死的有罪之人煮咖啡。"这不是睡觉的时候，"他欣喜万分地重复道，"我不能睡。"

"我才不管，"韦特强作有力地说，"我能。你赶紧去睡吧！"

“发誓吧……刻不容缓！……刻不容缓！你难道看不到永恒不灭的火焰……你难道感觉不到？盲目地，塞满了罪恶！忏悔，忏悔吧！想起你，我就受不了。我听到了召唤，来拯救你。这召唤日日夜夜在我心中回响。吉米，让我来拯救你吧！”恐吓和请求的话像咆哮的激流决堤而出，吓跑了蟑螂。吉米浑身冒汗，偷偷地在毯子下面扭动。厨子大叫：“你的日子不多了！……”——“快别来这一套！”韦特勇敢地低语道。——“跟我祷告！……”——“我不！……”吉米的小船舱热得像烤炉，里面装着无限的恐惧和痛苦，弥漫着尖叫和呻吟，大喊出来的祷告像在亵渎神灵，又像小声的诅咒。船舱外面，查理叫来了水手们，用欢快的语气告诉他们，在吉米的房间里正上演着神圣的闹剧。水手们挤在关着的大门口，太震惊了，不敢打开它。所有的人都来了。在下面值班的人穿着衬衫跳到了甲板上，就像撞了船，赶紧跑出来看一下情形。水手们跑着，问：“出什么事了？”其他人说：“听！”沉闷的尖叫声继续着：“跪下！跪下！”——“闭嘴！”——“不可能！你被交到了我手上。……你被拯救了。……决心……悲悯……忏悔！”——“你是个疯狂的傻瓜！……”——“都记在你头上……你……如果我……在这个世界上，永不得眠……”——“快停止！”——“不！……火炉……想想吧！……”然后是突然一阵充满激情的含混不清的话，快速的话语犹如冰雹的拍打。——“不！”韦特大喊道。——“是的，你就是！……

别想抵赖……每个人都这么说。”——“你撒谎！”——“我看得出来你立马就要死了……就在我眼前……你已经跟死了没两样了。”——“救命！”吉米尖声喊叫着。——“别再沉沦……抬头往上看！”另一个吼道。——“滚开！杀人了！救命！”吉米大声吵闹。他的声音突然停下了。我们听到呻吟声，低声的抱怨声，还有几声啜泣。

“发生什么事了？”一个我们很少听到的声音说。——“让开，伙计们！让开！”克莱顿先生重复着，语气坚定，推开人群往前走。——“船长来了！”有人低声说。——“长官,厨子在里面！”几个人喊道，同时后退。门哗啦一声敞开了，宽宽的一束光射了出来，照在一张张惊奇的面孔上，一股温暖的变味的气息吹过。两位副官像两座塔，一位清瘦灰发的男子站在他们中间，要矮过副官们一肩一头，被灯光照亮了。他衣衫破旧，僵硬呆板，像一个雕刻出来的小人像，脸庞清瘦，神态自若。跪着的厨子站了起来。吉米坐在铺位上，搂着曲起的腿，蓝色睡帽的流苏几乎觉察不到地在他膝上打战。大家吃惊地看着他长长的、弯曲的背，而他一只眼睛的白色眼角视若无睹地看着他们。他不敢转头，把自己缩起来。他一动不动，又有所期待，犹如一只牲畜，令人吃惊；又好似一只本能的动物——一头受惊的野兽，无力思考，静默不动。

“你在这里干什么？”贝克先生严厉地问。——“我的责任。”厨子饱含热情地说。——“你的……什么？”大副问。阿里斯顿船长轻轻碰了一下他的胳膊，低声说："我知道他在干什么。"然后大声命令道："帕德默，收起你的把戏！"

厨子拧着双手，在头顶挥舞着拳头，然后双臂落下，好像太沉重。有那么一会儿，他六神无主地站着，说不出话来。——"绝不，"他结结巴巴地说，"我……他……我。"——"你——说——什——么？"阿里斯顿船长大声问，"快结束这一套——要不……"——"我走。"厨子说，突然忧郁地屈服了。他坚定地走到门口——犹豫了一下——又走了几步。大家默默地看着他。——"我要你负责！"他半转过身，绝望地喊道，"那个人要死了。我要你……"——"你还没走？"船长用威胁的语气诘问道。——"没，长官！"厨子匆忙回答，语气里透着惊慌。水手长拉着他的胳膊，把他拽走了。有人笑出了声。吉米抬起头偷偷看了一眼，出其不意地一下跳下了铺位。贝克先生敏捷地把他接住，双臂能感觉到他绵软无力。门口的一群人惊讶地咕哝着。——"他撒谎！"韦特喘着气说，"他说什么黑鬼——他才是鬼——一个白鬼——我没事。"他站直了身体，贝克先生尝试着放开手，他踉跄了一两步。阿里斯顿船长用平静的洞悉一切的目光看着他。贝尔法斯特跑上来扶住他。他好像不知道身边有些什么人，沉默地站了一会儿，与一个兵团的无名恐惧单打独斗着。周围围着兴奋的人群，远远地关切地看着他。他完全一个人，置身于自己的恐惧制造出来的无法穿透的孤独里。一阵风来，船轻轻地侧了身，而海在这突然的变化中咯咯地笑着。

“别让他靠近我，”詹姆斯·韦特终于用他迷人的男中音说，把全身的重量都靠在了贝尔法斯特的脖子上，“过去一周我好多了……我好了……我要回去工作……明天——船长，如果您愿意的话。”贝尔法斯特撑起了自己的肩膀，好让吉米站直。

“不！”船长说，目不转睛地盯着他。

贝尔法斯特红红的脸在吉米的腋窝里不安地动着，一排发亮的眼睛在灯光的边缘瞪视着。他们用胳膊肘推着彼此，然后转过头低语着。韦特的下巴垂到了胸前，耷拉着眼皮，疑虑重重地朝四周观望。

“为什么不能？”阴影中有一个声音喊道，“那个人没什么问题，长官。”

“我没事，”韦特急切地说，“本来病着……好多了……现在要工作。”他叹了口气。——“老天！”贝尔法斯特耸了一下肩膀，喊道：“站直了，吉米。”——“那你让开，”韦特说，暴躁地把贝尔法斯特一把推开，让他踉跄着撞到了门柱上。吉米的面颊发亮，就像涂了清漆；他抓下睡帽，用它擦了一下脸上的汗，然后扔到了甲板上。“我要出去工作了。”他宣布说，但没动。

“不，你不能！”船长斩钉截铁地说。光着的脚动来动去，四周全是不赞同的低语声。船长就像没听到，继续说道：“你差不多整个航程都在逃避责任，而现在你想干活了。你觉得离薪水不远了，闻到岸的味道了，嗯？”

“我本来病了……现在……好多了……”韦特嘟哝道，他的眼睛在灯光下炯炯有神。——“你一直在装病。”阿里斯顿船长非常严厉地反驳道。“为什么……”他迟疑了不到半秒钟，继续道，“因为每个人都看得出来，你根本没事，但选择躺着来取悦自己——而现在，你要继续躺着来取悦我。贝克先生，我的命令：直到航程的终点，这个人不准到甲板上去。”

惊讶、欢欣、愤怒的感叹声响起了。黑暗中的人群一晃到了灯光里。“为什么？”“早和你说过会这样……”“太可耻了……”——“这事我们得理论理论。”唐金从后面尖叫道。——“吉米，没事，我们要帮你讨回公道。”几个人一起喊。一位年长的水手迈步向前。“长官，您的意思是，”他不安地问道，“在这艘船上，一个生病的伙计不可以康复？”在他身后，唐金在瞪大了眼睛的人群中兴奋地低语，但没人看他一眼。阿里斯顿船长用食指指着说话者愤怒的古铜色的脸，警告说：“你闭嘴！”——“事情不该这么办。”两三个年轻一些的水手大声抗议。——“我们是该死的机器吗？”唐金用尖锐的声音问道，他钻到了前排水手的胳膊肘下。——“立刻让他瞧瞧我们不是孩子……”——“黑人也是人。”——“如果斯诺波尔[①]没什么问题，我们绝不在人

① 原文为“Snowball”。根据伊恩·瓦特（Ian Watt）的解读，船员们把黑水手詹姆斯·韦特叫作“雪球”，有亲昵和嬉笑的味道。

手不足的情况下开这艘该死的船……”——“他说他没问题。”——“那好，罢工，伙计们，罢工！”——“这真是该死的。”阿里斯顿船长对二副说：“安静，克莱顿先生！”他在动乱中神态安详，带着深切的关注倾听搅在一起的咆哮和尖叫，倾听突然爆发的每一声喊叫和诅咒。有人一脚把舱门踹上了，充满险恶低语声的黑暗咔嗒一声扑向了那一束灯光，水手们变作了做着手势的影子，号叫着、嘶鸣着、兴奋地大笑着。贝克先生轻声说：“先生，离他们远点。”克莱顿先生高大的身影默默地罩在船长小巧的身形上。——“我们整个航程都受他欺骗，”一个粗哑的声音说，“但这个好人现在要来分蛋糕。”——“但他是我们的船友。”——“我们是十足的孩子吗？”——“左舷更拒绝工作。”查理被感情冲昏了头脑，吹出尖利的口哨声，然后大喊：“还我们吉米！”这好像在骚乱中引起了变化，重新爆发出一阵吵闹的喧哗声。很多人同时吵闹起来。——“是的。”——“不是。”——“从来就没病。”——“赶紧揍他们。”——“闭嘴，年轻人，这是成年人的事。”——“是吗？”阿里斯顿船长悻悻地自语道。贝克先生嘟哝说：“哎！这群人傻了。他们已经酝酿一个月了。”——“我的确注意到了。”船长说。——“现在，他们彼此起了争吵，”克莱顿先生鄙夷地说，“先生，您最好到船尾去，我们来安抚他们。”——“控制住你的脾气，克莱顿！”船长说。三个人开始慢慢地挪向舱门。

在前桅索具投下的阴影里，一群黑魆魆的人影跺着脚转着身，一会儿向前，一会儿退后。责备的话、鼓励的话、困惑的话、诅咒的话混作一团。年长的水手愤怒而不知所措，大喊着他们的决心，要把这事或那事进行到底；思想先进的年轻一帮则揭发他们和吉米遭遇的不公；喊声一片混乱，彼此争论不休。他们围着那个垂死的人——他们愿景的贴切象征，彼此鼓励，一起摇摆，一起跺脚，大声呼喊他们不会受欺压。在船舱里，贝尔法斯特帮着吉米上了床。他有强烈的欲望，不想错过外面的热闹，并因此而抽搐着，费了很大气力才控制住他的廉价情感和滚落的泪珠。詹姆斯·韦特盖着毯子平躺着，一边喘息一边抱怨。——“别怕，我们会支持你。”贝尔法斯特安慰说，脚停不下来。——“明天早上我要出去——碰一下运气——你们得——”韦特咕噜着说，“我明天要出去——管他船长不船长。”他很费力地抬起一只胳膊，用手抹了一把脸。“千万别让那厨子……”他喘息着说。——“不会，不会！”贝尔法斯特转过身，背对着铺位说，“如果他靠近你，我就打败他。”——“我要揍扁他的脸！”韦特微弱地喊道，很愤怒，但很虚弱，“我不想杀人，但……”他快速地喘息着，就像一条狗在烈日下奔跑之后的狂喘。近在门口的一个人喊道：“他像我们所有人一样健康！”贝尔法斯特把手放在了门把手上。——“喂！”詹姆斯·韦特匆忙叫道。他的声音如此清晰，另一个人惊得一下转过了身。詹姆斯·韦特四肢摊开平躺着，在耀眼的灯光里很黑，如死人一般，他的头在枕头上转了一下。他双眼盯着贝尔法斯特，很动人又很放肆无礼。“躺了这么久，我觉得很虚弱。”他话音清晰地说。贝尔法斯特点点头。“现在好了很多。”韦特道。——“是。我注意到你……这个月在好转。”贝尔法斯特说，眼睛看着地板。“喂！怎么回事？”他喊着，跑了出去。

有两个人突袭他，直接把他按在了桥楼的一边，周围全是争吵声。他脱了身，看到三个模糊的身影独自站在主帆拱起的底边下面，那里不是太黑。主帆在他们头顶升起，如同一座宏伟建筑凸起的墙。唐金发出嘘声："趁天黑……袭击他们！"众人一起朝船尾小跑，然后突然停下。唐金很瘦很敏捷，轻快地向前，把右臂抡得像风车，然后突然站住，右臂死死地停在了头顶。传来重物嗖嗖飞过的声音，它飞过了两位副官的头，重重地在甲板上弹跳，然后沉闷地砸在后舱口。贝克先生庞大的身躯清晰起来。“清醒点吧，伙计们！”他喊道，朝着停下的人群走去。“贝克，回来！”船长平静地叫道。大副不情愿地顺从了。而后大约有一分钟的沉默，然后是震耳欲聋的骚乱。在众人的声音之上，听到阿奇很有力地说："如果你再这样，我就揭发你！"喊声四起。“别这样！”“放下它！”——“我们不是这样的人！”一群黑色的人影踉跄到了舷墙，又回到桥楼。带环螺栓在蹒跚的脚下乱响。——“放下！”——“别拦我！”——“不可以！”——“该死的……啊！”好像是有人被掴脸的声音，有块铁掉到了甲板上，短暂的扭打之后，一个人影被踹了一脚，急急冲过了主舱口。一个愤怒的声音，边哭边骂，迸出一堆污秽的话……“老天——竟然扔东西！”贝克先生惊慌地咕哝道。——“那是要砸我的，”船长静静地说，“我感觉到那东西带着嗖嗖的风声。是什么——挽缆铁栓吗？”——“天啊！”克莱顿先生喃喃自语。船中部的水手们混乱的交谈声，和海水冲刷的声音掺合在一起，在静默鼓起的风帆中间上升，好似飞进了夜里，飞到了比天际还远、比天空还高的地方。星星在倾斜的桅顶稳稳地闪耀，一缕缕的光铺在水面上，被前进的船头割破。船经过之后，光会颤抖很久，好似敬畏低语的大海。

其间，舵手急于知道为何起了喧闹，松开了船舵，弯着腰，偷偷地大步跑到艉楼边上。无人看管的“水仙号”，不被人觉察地轻柔地迎上了风。她轻轻地摇晃了一下，睡着了的风帆突然醒了，一起冲着桅杆强有力地拍打了一下，然后一个接一个地快速鼓起来，风帆鼓起的巨响沿着高高的桅杆传导下来，直到主帆最后也猛地一下张了起来。船从风向标到龙骨都在抖动，船帆不停地发出咔咔声，就像连发的步枪。链片和松散的索链在高处叮当作响，单轮滑车发出吱嘎声。仿佛有一只无形的手，愤怒地摇了一下船，来唤醒她上面的水手，让他们意识到现实、危机和责任。——“转舵迎风开！”船长厉声喝道。“克莱顿，快去船尾，看那蠢家伙在干什么。”——“拉紧前桅帆，准备好前桅转帆索！”

贝克先生咆哮道。惊慌的人们迅速跑动，重复着命令。换下班的水手，一下被值班水手抛下了，三三两两地朝艏楼移动，一边走一边吵闹着，争辩着。——“我们明天再说！”一个很大的声音喊道，好像要用夹带着威胁的暗示来掩饰不光彩的撤退。然后，就只听到命令的声音，成捆的绳子重重落地的声音，还有滑轮的咔咔声。辛格尔顿白色的头发在黑夜的甲板上高高地飞来飞去，像一只鸟的魂魄。——“转向成功，长官！”克莱顿先生从船尾喊。——“船帆调整到位！”——“好的……”——“把前桅帆放松一些。那样转帆索就不用动了，把绳子收起来。”贝克先生咕哝道，四处忙碌着。

渐渐地，脚踩在甲板上的声音，很多人混乱的声响消失了。长官们聚在艉楼，讨论着事件的始末。贝克先生感到困惑，他咕哝着，克莱顿先生平静但却愤怒，只有阿里斯顿船长神态安详地思索着。他倾听贝克先生咆哮着所做出的论证，克莱顿先生突然严厉地进行插话和评论，他眼睛盯着甲板，手里掂量着挽缆铁栓。就在刚才，这铁栓错过了他的头。现在，它好似成了整件事情唯一有形的真相。阿里斯顿先生属于这样一类船长：他们说得很少，像是什么都听不到，也不看任何一个人，但却什么都知道，听得见每一声低语，看得见船上生活每一个稍纵即逝的影像。两位高大的副官高出他瘦削矮小的身材很多，他们在他头顶上方说话，惊讶、失望、愤怒。而在他们中间，这位安静的小个子船长，好像在更广大的经历深处，找到了无言的宁静。艏楼的灯燃烧着，偶尔会有一阵大声的、含混不清的唠叨传来，它扫过甲板，变得微弱，犹如没有意识的船温和地滑过大海广袤的平静，把动荡不安的人类愚蠢之音，永远地抛在身后。但这噪音，一次又一次地重复出现。比画着的手臂、张着嘴巴的人头侧影，会短时出现在被照亮的四方形门框里；黑色的拳头猛伸出来，又收回去……“是的。这样一场吵闹，无缘无故地发生在自己身上，是非常令人气恼的。”船长表示赞同。

……灯光里又有一阵大声喊叫着的喧哗声，但突然停止了。……他觉得暂时应该不会再有麻烦了。……船尾响起了钟声，另一口钟在船头回应，声音更为低沉，金属的叮当作响传遍了整艘船。那一圈荡开来的共鸣，在空旷大海之上的无边黑夜里消失了。……他难道不了解他们吗？他难道不？在过去那些年里，更好的人也有——真正的人，那些在艰难处境里能站在你身边岿然不动的人。有时，也会有些比恶魔还糟糕的人，是彻头彻尾、头上长角的魔鬼。算了！今天的事——不值一提。失之毫厘，谬以千里。……舵轮如常交接。——“迎风满帆！”一个人很大声地汇报，然后走下艉楼。——“迎风满帆！”另一个人重复道，抓住了舵轮。——“顶头逆风才是我的麻烦，”船长突然气愤地跺着脚，大声喊道，“顶头逆风！其余的都不算什么。”他很快恢复了平静。“今晚让他们照常，先生们！就是要让他们感到，我们始终把得住——静静地，知道吗？克莱顿，注意别碰他们。明天，我要像个荷兰大叔一样跟他们谈，给他们点厉害。一群疯狂的补锅匠！是的，是补锅匠！他们中真正的水手我用一只手的指头就能数得过来。不起喧闹才怪——如果——请——你……”他停了一下，“贝克先生，你觉得我那事处理得是不是不对？”他敲着自己的前额，大笑了一声。

“当我看到他站在那里，已经跟死了差不多，那么害怕——在一群张着嘴巴的人里面，他是唯一的黑人——没有勇气面对我们每个人都会面对的死亡——我还没来得及思考，那个想法就一下冒了出来。为他感到难过——就像为生病的野兽难过。没见过这么怕死的人！……我本来想由着他，让他出来。但当时一冲动，说出了那样的话。之前从来没那么想过一群小丑……嗯！现在只能这么办了——毫无疑问。”他把铁栓装进口袋，好像为自己感到羞耻，然后严厉地说：“你们如果看到帕德默再来这一套，告诉他我会让他去管水泵。之前不得不这么做。那家伙有时会这样的，虽然是个好厨子。”他快步走开了，又回到同伴面前。两位副官在星光下跟随着他，眼中满是惊奇。他走下了三阶楼梯，头靠近甲板，换了语气，说：“我今晚不会睡，以防有事；如果……就叫我。贝克，你有没有看到那个生病黑鬼的眼睛？我感觉他像是有事要求我。是什么呢？已经不可救药了。我们中间孤身一人的黑乞丐，他好像看到了我的骨子里。真没想到，这个让人受不了的帕德默！嗯，让他平静地死去吧，我毕竟是这里的船长。由他去吧，他以前或许也是条汉子……小心警戒。”他到下面去了，看不见了，留下他的副官们面面相觑。这情形，对他们来说，比看到一尊石像为生死无常流下一滴神奇的同情之泪还令人惊讶……

长官们讨论的时候，艏楼里也没闲着。烟袋锅里冒出的烟先是直的，后来成缕地扭结着，铺展开来形成蓝色的薄雾，这让艏楼广阔得像一个大厅。在横梁之间，厚重的烟云悬置不动。油灯被光晕包围着，每一盏在紫色光圈的中心燃烧，两个灯芯死气沉沉，没有发出光束。水手们四肢摊开在甲板上，随意地坐着，或者一条腿屈膝，一个肩下沉，靠在舱壁上。嘴唇动着，眼睛闪着光，挥动的胳膊突然把烟画出漩涡。低语声好像无法及时跑出狭窄的门，在舱内把自己堆得越来越高。下面的一班人只穿着衬衫，迈着大长腿走路，就像胡言乱语的梦游者，而时不时地会有值班的某个人冲进来，看上去衣着正式得出奇。这人听上一会儿，向着艏楼里的喧闹快速地甩出一句话，然后再跑出去，但有几个人留在了靠近舱门的地方，很入迷，还一只耳朵听着甲板上的动静。“伙计们，团结起来！”戴维斯咆哮道。贝尔法斯特想让大家听他说，诺尔斯茫然迟钝地笑着。有一个小个子，胡子又短又密，过一会儿就喊上一阵：“谁会怕？谁会怕？”另有一个人跳了起来，很兴奋，两眼喷着怒火，发出一连串毫不相干的诅咒，然后安静地坐下。有两个人亲密地讨论着，相互轮流拍着对方的胸脯来强调论点。还有三个人，头凑在一起，神秘兮兮地同时在说，而且是用最大的嗓门，他们的话像狂乱的风暴四处横飞，有的会打到别人的耳朵上："在上一艘船……"——"管他呢？对着我们试一下,如果……"——"服输……"——"这不是举手之劳……"——"他说他没事……"——"我一直觉得……"——"不管……"唐金整个人趴在船首斜桅上，把双肩耸得很高，碰到了耳朵。他垂着鹰钩鼻，犹如一只生病的秃鹫，弄皱了羽毛。贝尔法斯特两腿叉开坐着，喊得满脸通红，他两臂上举，像个马耳他十字。两个斯堪的纳维亚人待在角落里，目瞪口呆、心慌意乱，如同观望一场大灾难。在光照不到的地方，辛格尔顿站在烟雾里，头触着横梁，显得非常高大。他的样子不甚清晰，仿佛一尊英雄的雕像立在阴郁的墓穴里。

辛格尔顿迈步向前，他身形高大，不喜不惧。吵闹声平息了，就像碎开的海浪，但贝尔法斯特举着双臂又喊了一次："我告诉你们，那人要死了！"然后突然坐在了舱口，双手托住了头。所有人都看着辛格尔顿，有的坐在地板上抬头看着他，有的从黑暗的角落里盯着他，还有人转过了头好奇地瞥着他。他们期待着，感受着安抚。水手们内心充满了愤怒和欲望，然而这些情感让他们不安，仿佛这位谁都不看的老者拥有更犀利的眼光和更清晰的见解，可以解决他们的困惑。的确，站在众人之间，老辛格尔顿那撇清了利欲的仪容，只有一类人可以拥有：他们见过很多的船，听过很多像水手们一样的声音，经历过广袤的大海上可能发生过的一切。水手们听到他的声音，在它宽阔的胸膛里隆隆作响。那些话，仿佛是从粗犷的过去朝着他们滚滚而来。“你们想做什么？”他问道。没有人回答，只有诺尔斯咕哝道：“啊，啊。”另有一个人低声说：“很丢人。”他等着，做了一个轻蔑的手势。“在你们中的一些人出生前，我就已经看多了船上的吵闹，”他慢条斯理地说，“要么有所图，要么无事找事，但从来没见过像你们这样的。”——“我告诉你们，那人要死了。”贝尔法斯特悲伤地重复道，他就坐在辛格尔顿脚边。——“而且，是个黑人。”老水手继续他的话：“我见过他们像苍蝇一样死掉。”他停了下来，若有所思，好似试图记起恐怖的事件、惊悚的细节和对黑人的屠杀。他们入迷地看着他。他足够年长，可以记得黑奴、可怕的叛乱，或许还有海盗。谁说得清他经历过什么样的暴力和恐惧呢？他会说什么呢？他说：“你们帮不了他，他死定了。”他停了一下，嘴唇和下巴上的胡须在动。他咀嚼着话语，在纠缠的白胡须后面咕噜着，语意难解，令人兴奋，就像面纱背后的神谕。……“到岸——生病。——相反地——带来顶头逆风。恐惧。大海要留下属于它的。——看见陆地的时候就会死。总是这样。他们知道的——航程越长——日子越多，钱越多。——你们别闹。——你们想要什么？这帮不了他。”他好像从一场梦里醒来。“你们连自己都帮不了，”他严厉地说，“船长不是傻瓜，他心里有数。小心——我说了！我了解他们！”目光盯着前方，他把头从右转到左，从左转到右，好像在检阅一长列的船长。——“他说要砸开我的头！”唐金用悲惨的声音喊道。辛格尔顿专注地向下凝视，有些困惑，好像找不到唐金。——“你该死！”他含糊地说，不再去找。老人散发着说不出的智慧和坚定的漠然，还有令人恐惧的顺从神情。在他周围所有的听者好似都因为失望而彻悟了，沉默不语。他们懒洋洋地倚靠着，具有一种无所顾虑的闲适，好似看透了生存无法补救的一面。而辛格尔顿深邃却浑然不知，他走了出去，到了甲板上，却没有再说一个字。

贝尔法斯特圆睁着双眼，陷入了沉思。有一两个人重重地跳到了上铺，一上去，就叹了口气。另外的人则先把头伸进下铺，很快地翻身上床，如同动物钻进了巢穴。传来刀子刮焦土的摩擦声。诺尔斯不再咧着嘴笑。戴维斯热切且肯定地说：“那么，我们船长是个疯子。”阿奇嘟哝道：“我敢保证！这事还没完！”钟响了四下。——“我们这班，只剩下一半时间了！”诺尔斯惊叫道，然后反思着。“好吧，睡两个小时也算休息。”他安慰说。有些人已经装作睡着了。而查理呢，睡得呼呼的，突然冒出几个含糊不清的词，声音单调而武断。——“这该死的孩子，身体里有虫！”诺尔斯在毯子下面评论道，很博学的样子。贝尔法斯特起身到了阿奇的铺位。——“是我们把他拽出来的。”他耳语道，显得很难过。——“什么？”另一个问，睡意正浓，很不满。——“而现在我们要不得不把他掀到海里？”贝尔法斯特继续道，下唇颤抖着。——“掀什么？”阿奇问。——“可怜的吉米。”贝尔法斯特轻声说。——“他去死！”阿奇故作凶残地说，在铺位上坐了起来。“都是因为他。如果不是我，今天晚上这艘船上差点出人命！”——“那不是他的错，不是吗？”贝尔法斯特低声争辩道。“我把他放到了床上……他还不如一个空的牛肉桶重。”他眼里含着泪补充说。阿奇定定地看着他，然后坚决地把脸转向了舱壁。贝尔法斯特游走着，好像在昏暗的艏楼里迷了路，差点绊倒在唐金身上。他站着从高处审视了唐金一会儿。“你不睡吗？”他问道。唐金绝望地抬起头。——“那个黑心的苏格兰贼儿了踢了我一脚！”他在地板上低声说，语气里是彻底的凄凉。——“而且踢得好！”贝尔法斯特说，仍然非常沮丧。“伙计，你今天晚上差不多该被绞死了。你不要对着我的吉米耍你谋杀的把戏！不是你把他拽出来的。小心了！如果我开始踢你，”——他精神了一点儿——“如果我开始踢你，那可是扬基佬的踢法——会踢断你的骨头！”他用指关节轻轻敲了敲唐金弓着的头。“你小心了，我的孩子！”他欢快地结束了自己的话。唐金没跟他计较。——“他们会告发我吗？”他问道，带着痛苦的焦灼。——“谁——告发？”贝尔法斯特退回了一步，小声问。“我如果不是要照顾吉米，现在就敲开你的鼻子！你把我们当什么人？”唐金站了起来，看着贝尔法斯特的背影蹒跚着出了门。四周全是看不见的人在睡觉，他们平静地呼吸着。他好像从周围的安宁里汲取了勇气和愤怒。他脸庞瘦削，心怀怨恨，穿着借来的松松垮垮的衣服怒目而视，好像要找什么东西来砸。在他狭窄的胸膛里，心狂野地跳着。他们睡着了！他想拧断人的脖子、挖出人的眼睛、朝人吐口水，他朝着冒烟的灯挥舞着脏兮兮的瘦拳头。“你们不是男人！”他用死气沉沉的声音喊道。没有人动。“你们连老鼠的勇气都没有！”他提高了嗓门，发出沙哑的尖叫声。瓦米波一下探出乱蓬蓬的头，不满地看着他。“你们这些扫舱货！我希望你们还没死就都烂掉！”瓦米波眨着眼睛，听不明白但很感兴趣。唐金重重地坐下，颤抖的鼻孔喷着气。他咬牙切齿，下巴使劲儿贴着胸膛，像是要把胸膛啃透，好到达里面的心脏……

第二天早上，船开始了新一天的游荡。她看上去精神饱满，宛若大地之春。洗过的甲板发着光。倾斜的太阳照射着船上包有黄铜的地方，耀人眼目，它又像一束束金线投射在擦亮的栏杆上。点点滴滴的盐水被遗忘在栏杆各处，像露珠一样晶莹，比散布开来的钻石还要璀璨。船帆被柔和的风抚慰着睡着了。太阳孤独而灿烂地升起在湛蓝的天空，它看到一艘寂寥的船，在蓝色的海上迎风而行。

水手们与主桅相齐，面朝着舱门站成三排。他们挪动着、推搡着，面色冷峻，态度犹疑。诺尔斯只要稍微动一下，就重重地落在他那条短腿上。唐金溜到了别人背后，焦虑不安，像一个躲避突袭的人。阿里斯顿船长突然出现在后甲板上，在水手面前来回走动着。阳光下的他头发灰白、身形瘦削、衣衫破旧，很警觉，坚强到有些固执的样子。他的右手，搁在外套旁边的口袋里，口袋里装着沉重的东西，让衣服右边的褶层往下坠。有个水手预感不祥地清了清喉咙。——“直到现在，我都没找过你们的事。”船长突然停下说。他用疲惫、钢铁般的目光直视着船员们，大家误以为船长那目光直直地盯进了他面前的二十双眼睛里，没有一双逃得过。在他身后，面色阴郁、虎背熊腰的贝克先生低声咕哝着。克莱顿先生面色红润，清新得像一幅画，他举止坚定，随时待命。“现在，我仍不会，”船长继续道，“但是，我的任务是为这艘船负责，保证她上面的每一个人都达到要求。如果你们像我一样知道自己的本分，也就不会有什么麻烦。昨天晚上，你们大声叫嚷:‘明早等着瞧！’好啊，现在你们见到我了。想怎么样？”他来回快速地走动着，探寻地扫视着他们，等待着。他们想要什么？船员们倒换脚平衡着身体。有些人把帽子推后，挠着头。他们想要什么？吉米被遗忘了，没人想起他。独自一人待在前面的船舱里，他在迎战巨大的阴影，抓紧无耻的谎言，为自己透明的欺骗痛苦地窃笑。不，不是吉米！即使他死了，也不会比现在被人忘得更干净。船员们想要伟大的东西，但突然，他们知道的所有简单的词都永远地消失了。他们的欲望炽热而模糊，且无边无际。他们知道自己想要什么，但找不到任何值得说的东西。他们在原地轻轻挪动着，转着强壮的手臂末端涂满焦油的大手，手指弯曲变形。低语声渐渐消退。——“是什么呢——食物？”船长问道：“你们知道我们的储备在好望角毁了。”——“这我们知道，长官。”前排一个长着胡子的老水手说。——“工作太辛苦——嗯？累得你们受不了？”船长继续问道。水手们觉得受到了冒犯，沉默着。——“长官，我们不想人手不齐地干活，”戴维斯终于用颤抖的声音说，“这里有个黑……”——“够了！”船长吼道。他站在那里审视了他们一番，然后往这边又往那边走了几步，开始冷酷地朝着他们大发雷霆，刮起的风既猛烈又刺人，如同他年少时熟知的冰冷的海上大风。——“要我告诉你们怎么回事吗？靴子太大，你们穿不了。自以为自己好得不得了，对工作一知半解，对责任只尽一半。觉得工作太多？即使你们做的是现在的十倍也还不够。”——“长官，对于这艘船，我们已经做到最好了。”有人用愤怒且颤抖的声音喊道。——“你们的最好？”船长继续咆哮道，“你们在岸上听了很多，对不对？岸上的人有没有告诉你们：你们的最好，没什么值得吹嘘的！让我来告诉你们：你们的最好比糟糕好不了多少！你们没法做得更多，是吗？是，这我知道，也没说什么。但停止你们的胡闹，否则我来帮你们停止。我准备好了，别再胡闹！”他用食指指着人群。“至于说那个人，”他大大提高了嗓门，“如果他不经过我的允许就在甲板上探出鼻子，我会把他铐起来。听好了！”厨子在前面听到了船长的声音，举着双臂跑出了厨房，惊恐万分、惊诧难抑，无法相信，然后又跑了回去。而后是极深的静默，在这期间，一个罗圈腿的水手走到旁边，朝着下水口很有礼貌地吐了口痰。“还有一件事。”船长平静地说。他快走一步，转了个身，从口袋里掏出一个铁栓。“这个！”他的动作如此迅速、出人意料，众人后退了一步。他一动不动地盯着他们的脸，有些人马上现出惊讶的神情，像是他们从来没见过铁栓。船长举起了它。“这是我的事。我不会问你们，但你们都知道。它从哪里来，得回到哪里去！”他的眼中开始充满怒火。众人不安地躁动着。他们像是很害羞，不去看那块铁，他们觉得既惊讶又难为情，好像它是可耻的、可怕的、不合时宜的。一般情况下，为了顾及体面，它不会被这样在光天化日下挥舞着。船长专注地看着他们。“唐金！”他简短严厉地喊道。

唐金躲到一个人身后，又躲到另一个人身后，但水手们转身看到他，都闪到一边去了。队伍不断地把他暴露到前面，然后在他身后合拢，直到最后，留他一个人出现在船长面前，就像一下从甲板下面钻出来似的。阿里斯顿船长靠近了他。两人个头差不多，船长近距离盯着那双滴溜溜的眼睛，和它们交换了致命的眼神，后者飘摇不定。——“这个，你认识吗？”船长问道。——“不，我不认识。”另一个惊恐、无耻地回答。——“你这条恶狗，拿着！”船长命令道。唐金的胳膊好像粘在了大腿上。他站着，眼睛向前看，像在接受检阅。“拿着！”船长重复道，靠得更近，他们对着彼此呼吸。“拿着！”阿里斯顿船长又说了一遍，并做出威胁的姿势。唐金费力地抬起一只胳膊。——“你为什么冲着我来？”他费力而含糊地问道，好像嘴巴里都是生面团。——“如果你不……”船长说。唐金一下抓过铁栓，像是要拿着它跑掉，却呆若木鸡，犹如举着一支蜡烛似的捧着它。“把它放回你拿的地方……”阿里斯顿船长说，恶狠狠地看着他。唐金瞪大了眼睛往后退。“走，你这无赖！要不然，我会让你走！”船长大喊着，威胁着向前，迫使着他后退。唐金躲避着，试图用那危险的铁块护住头，以免被吓人的拳头打到。贝克先生的嘟哝声停了一会儿。——“好！天啊！”克莱顿先生欣赏地低语道，一副鉴赏家的口吻。——“别打我！”唐金像狗一样地龇牙狂吠向后退。——“那么你就走，走快点！”——“你敢打我……我要把你告到法官那里……我要告你！”唐金已经转过身，跑开了一些，然后停下回头龇了一下黄牙。阿里斯顿船长向前迈了一大步。——“继续向前，到前桅索具那里！”他用胳膊指着，督促道。——“你们就这么站着看我受侮辱？”唐金朝着静静的人群喊。阿里斯顿船长快步走向他。他一下跳开了，冲向前桅索具，猛地把铁栓扔进洞里。“我会跟你们算账的！”他冲着整艘船喊，然后从前桅那里消失了。阿里斯顿船长旋转身，一脸从容地朝船尾走去，好像已经忘记了发生的事。水手们给他让路，他谁也不看。——“好了，贝克先生，让值班的人下去吧！”他静静地说。“你们呢，以后要正直地做人！”他用平静的声音补充道。船长沉思着，看了一会儿水手们的背影。大家都很受感动，慢慢离去。“早餐，管事！”他在舱门口如释重负地喊。——“我不想看到您——哎！——把铁栓给那家伙，先生！”贝克先生评论道：“他有可能会用它打碎——哎！——像打碎一个鸡蛋一样打碎您的脑壳。”——“噢！他？”船长心不在焉地咕哝道。“奇怪的一群人，”他压低了声音继续说，“我想现在应该没事了。但如今很难说，尤其是这么一来……多年前，我还是个年轻船长的时候，在一次去中国的航程中，遇到了叛乱——真正的叛乱，贝克！虽然人有所不同。我知道他们想要什么：他们想打开货物，拿到酒。非常简单……我们一连打了他们两天，他们被打够了之后像羊羔一样温顺，居然是很好的船员。那是一次奇妙的旅程。”他向上看着纵向的风帆。“一天又一天，都是逆风，”他苦涩地呼喊，“难道我们整个航程都不能有点好风吗？”——“准备好了，先生！”管事说，他魔法般一下到了他们面前，手里还拿着一条沾了污渍的餐巾。——“啊！好的。来吧，贝克先生——不早了——说了这么多废话。”

第五章

整艘船弥漫着一种令人压抑的平静气息。下午的时候，水手们忙着洗衣服，把它们晾到不起劲的风里。每个人都各怀心思，又懒懒的，俨然是幻灭的哲学家。很少有人说话，好似生命的问题太庞大，而人类语言的边限太狭窄，因此，大家一致同意把它留给伟大的海。这海，从一开始就把它包裹在了自己无垠的掌控中；这海，懂得一切；总有一天，它会绝对无误地向每个人展示藏在所有错误中的智慧，潜伏在所有疑惑中的确信，以及在痛苦与恐惧的边界之外，还有安全与和平的国度。无力的思想混做了困惑的溪流，在水手们的身体里不停地这般那般流淌，而吉米则会突然冒出水面，迫使人去关注，犹如一个黑色航标，固定在覆满烂泥的水底。虚假获得了胜利。它的成功源于疑惑、愚蠢和感伤。出于同情、鲁莽和有趣，我们正儿八经地扶持它。吉米在无法回避的真相面前，对自己不真实的姿态抱持坚定不移的态度，并使它逐渐拥有了巨大的、谜一般的体量——它是一种宣示，宏大而不可理喻，有时会激起迷人的赞叹。另外，对于很多人来说，最大程度地投其所好会制造出一种精妙的滑稽感。对痛苦的柔情，有其潜在的利己性，在我们中间则发展成为不想看到他死去的焦虑。吉米的死，是唯一确信的事，它的到来，我们每天都有观察。然而，吉米对这唯一肯定的事却固执地不去承认，这让人忧虑，犹如自然的法则遭遇了失败。他如此彻底地执着于自己的错误，以至于我们抑制不住地怀疑，他是不是有能够通达某种超自然学问的途径。他如此荒诞，到了灵动的程度。他如此特别，好似拥有非人的魅力，仿佛他早已经在可怕的边界之外，呼喊着自己对真相的拒绝接受。他正在像幻影一样，变得没有实体：他的颊骨凸起，前额越发倾斜，脸上全是窟窿和一片片的阴影；没有肉的头，像是发掘出土的黑人骷髅，只是在眼窝里装了两个不安分的银球。他让人泄气。通过他，我们变得非常人性化，温柔复杂、极其颓废。我们明白其恐惧的微妙，同情他所有的厌恶、退缩、回避和幻想——好像我们因为过度文明而变得糟烂，丝毫不知道生命的意义之所在。我们的样子，像是加入了臭名昭著的神秘组织，做着同谋者富含深意的鬼脸，交换着意味深长的眼神和意义重大的简短话语。我们的卑鄙无法言喻，而且对自己非常满意。我们郑重其事地、饱含深情地、津津有味地对着他撒谎，就好像为了永恒的报偿而施展道德的把戏。对他最疯狂的说法，我们都一致认同，仿佛他是百万富翁、政治家，或者改革者，而我们是一群野心勃勃的傻大个儿。当我们冒险质疑他的话时，用的也是阿谀奉承、马屁精的法子，目的是用我们的异见来增加他的荣耀。他影响着我们道德的声音，好似他有分封荣誉、宝藏和痛苦的权力，而实际上，除了鄙视，他什么都给不了我们。他的鄙视是巨大的且日渐膨胀，而他的身体，就在我们的眼前日渐萎缩。鄙视是他唯一的财宝，给人持久而强大的印象；它住在他的身体里，拥有无法熄灭的生命力；它透过他永远噘着的黑嘴唇说出来，还用气息奄奄、穷凶极恶的双眼瞪视着我们，那瞪视中透露出粗暴无礼的凄凉，我们聚精会神地看着他。他好像不愿意动，仿佛不相信自己的坚固性。最轻微的手势都可能向他揭示出（当然没有别的可能）身体的虚弱，进而导致精神的阵痛。他吝啬于移动，四肢平摊着躺在那里，下巴倚在毯子上。在他的静止不动里含有一种狡诈和谨慎，只有他的眼睛在人们的脸上游荡——那双眼睛倨傲、犀利而哀伤。

就是在此时，贝尔法斯特的奉献精神——还有他的好斗——赢得了一致的尊重。他的每一刻闲暇时光都在吉米的舱室度过：照顾他，跟他说话，像女人一样温柔，像老慈善家一样温和快活，像模范奴隶主一样感伤而细腻地对待自己的黑奴。但在外面，他暴躁易怒，像火药一样易爆。他阴郁多疑，最难过的时候，也最凶暴。对于他来说，要么是眼泪，要么是拳头：眼泪给吉米，拳头给任何一个好似没有把吉米的情况当回事的人。除此之外，我们别无所谈。两个斯堪的纳维亚人甚至讨论了眼下的形势——

但没法知道他们是以什么样的情绪在争辩，因为两人用的是自己的语言。贝尔法斯特怀疑他们中有一个人心怀不敬。既怀疑，又不确信，他别无选择，只能一下打俩。他的好战让两个人颇受惊吓，从此以后，只能沮丧地生活在我们中间，就像两个哑巴。瓦米波像动物一样不苟言笑，好像知道得比船上的猫还少，说话也从来都是不清不楚的，因此他是安全的。再说，他属于吉米拯救者的优选行列，因此不受质疑。阿奇一般比较沉默，但经常静静地陪伴吉米一个小时左右，跟他说说话。看阿奇那神情，吉米仿佛是他的。另外，一天中的任何时间，经常是在夜里，总会有人坐在吉米的箱子上。在傍晚六点到夜里八点的时候，他的舱室则总是挤得满满的，门口还围着一群感兴趣的人——每个人都盯着这个黑人。

他就我们的兴趣取暖，眼睛里闪烁着讽刺的光，用虚弱的声音批评我们的懦弱。他会说："如果你们这些人肯为我坚持，我现在已经在甲板上了。"我们低下了头。"是的，但是如果你们以为，我会让他们把我铐起来供你们玩乐……噢，那是不可能的……就这么躺着，毁了我的健康，的确如此。而你们不在乎。"我们窘迫不安，好像这一切都是真的，他华丽的厚颜无耻推着大家向前。我们不可能敢于反抗，而实际上我们也是不想这么做，真心希望他能活着到家——到达航程的终点。

辛格尔顿像往常一样保持着距离，像是蔑视一个已经结束的生命的无足轻重的伎俩。他只出现过一次，那是在路过的时候，出人意料地在门口停留。他带着深沉的漠然凝视着吉米，好像要把这个黑人的形象，归入那些住在他年老记忆中的鬼魂行列。我们非常安静，辛格尔顿站在那里很久，仿佛他是应约来叫某人，或者是见证某个重要的时刻。詹姆斯·韦特完全静止地躺着，显然没有意识到审视他的目光，那目光稳稳地、满含期待，空气中有一种角力的味道。我们像一群观看摔跤比赛的人，内心紧张。终于，吉米感觉到了，在枕头上转了一下头。——“晚上好。”他用和解的口气说。——“嗯。”老水手短促地回答。他又严厉地盯着吉米看了更长一段时间，突然走开了。在这之后很久，小船舱里都没有人说话，之后大家觉得呼吸轻松了许多，就像躲过了一场灾难。每个人都知道老人对吉米的想法，而且没有人敢反驳他。他的想法令人不安，带给我们痛苦。更糟糕的是，大家心里知道，他的想法很可能是对的。只有一次，他屈尊自己，全面解释了自己的看法，带给人挥之不去的印象。他说是吉米招来了顶头风。病入膏肓的人——他认为——会一直活到看见陆地的那一刻，然后死去。吉米知道，第一片陆地就会吸走他的性命。每艘船都是这样。难道我们不知道？他问我们，带着朴实的轻蔑。我们知道什么呢？接下来，我们又会怀疑什么呢？吉米的愿望得到了我们的鼓励，瓦米波的帮助（他是个芬兰人——不是吗？好极了！）——瓦米波咒语的帮助，让我们的船在大海上停滞不前，只有稚嫩的傻瓜才看不明白。谁听说过这么长时间的风平浪静和顶头风？这不正常。……我们的确无法否认，这是有些奇怪。每个人都局促不安。尽人皆知的俗语“天数越多，工钱越多”，已经无法带给我们通常的慰藉，因为储备越来越少。很多都毁在了好望角，我们只分到原来饼干的一半。豆子、糖、茶很早以前就用光了，腌肉也所剩无几。我们还有很多咖啡，但没有水去煮。我们把腰带又勒紧了一个孔，然后从早到晚不停地刮擦、抛光、粉刷我们的船。很快，她看上去就像刚从盒子里拿出来似的，但饥饿住在她上面。不是致命的饥荒，却是持续的、活生生的饥饿。它游荡在甲板上，睡卧在艏楼里，是清醒时刻的摧残者，睡梦时分的扰乱者。我们看向风的方向，期待改变的迹象。不论白天黑夜，我们每隔几个小时就把船转一次方向，希望这种方法最终能够在她身上奏效，但没有用，她好像忘记了回家的路。她跑来跑去，一会儿向西北，一会儿向东。她六神无主，向后跑、向前跑，就像墙角一只怯弱的小动物。有时，像是要累死了，她会在平静的海面上疲惫地颠簸一整天。在摇晃的桅杆上面，船帆在风平浪静、炎热的寂静里愤怒地闲置着。我们倦怠、饥饿、口渴，开始相信辛格尔顿，但对吉米仍然装出不可动摇的忠诚。我们幽默地对他旁敲侧击，就像一个巧妙情节里的快乐同谋犯，但我们渴望的双眼，越过栏杆向西看去，找寻希望的迹象和风的痕迹——即使这风呼出的第一口气，就带给我们不情愿的吉米死亡。徒劳无益！整个宇宙都与吉米为伍。又出现了来自北方的轻风，天空依旧晴朗，闪亮的大海环绕着我们的困顿。海被微风触着，在灿烂的阳光下异常舒适，好像忘记了我们的存在和烦恼。

跟其他人一样，唐金也盼望着顺风。现在，没有人知道那恶毒的想法。他沉默不语，看上去更瘦了，像是慢慢地被内心的愤怒消耗着，愤怒于人和命运的不公。他被所有的人忽略，而他也不跟任何人讲话，但是，在那鬼鬼祟祟的眼神里，藏着对每个人的恨。他只和厨子说话，竟然说服了那个好人，让他相信自己遭受了很多的诽谤和迫害，他们一起哀叹船上水手道德的败坏。没有比我们更大的罪犯了，我们用自己的谎言，一起把一个可怜无知的黑人尚未准备好的灵魂送入了万劫不复。帕德默很不情愿地，有什么材料做什么饭，但时刻觉得为我们这样的罪人做饭会危及自己的救赎。至于船长，他跟随了七年，而现在，他说自己无法相信这样一个人……“唉，唉……怎么就这样了……想不明白。判断力一下颠倒了……更像是突然着了魔。”唐金闷闷不乐地坐在煤箱上，晃着腿，表示同意。为了能在厨房待着，他把虚假的赞同作为硬币交付给厨子。他愤慨，灰心丧气。他同意厨子，认为无法找到足够严厉的词来批判我们的行径。当谴责到了白热化的程度，他就诅咒大家。帕德默也想诅咒，但有悖于他的信仰，就装作没听见。因此，肆无忌惮的唐金咒骂的总量够得上两个人用，还乞用着火柴，借用着烟草，无所事事地一待几个小时，在火炉前就像在自己家一样。在那里隔着舱壁，他能听到我们和吉米的谈话。厨子到处砸着锅，猛地撞上烤炉的门，嘟哝着所有水手必下地狱的预言。唐金不承认死后有什么(除非为了亵渎神灵)，但他听着，很专注、很愤怒，凶狠地、幸灾乐祸地盯着一个被招来的受尽折磨的影像——就像人们对着因残忍、报复、贪婪、权力而受诅咒的人，但却坐视不救一样。

在晴朗的夜晚，在气息奄奄的月亮清冷的光辉里，静默的船呈现出冷漠休眠的虚假样貌，犹如冬天的大地。船下金色的长条拦住了大海黑色的圆盘。在她静静的甲板上，回响着脚步声。月光附着在船上，如同结霜的薄雾。白色的船帆凸显出来，像耀眼的锥体，仿佛是用洁白的雪堆成的。在壮丽的、幻境般的光辉里，船看上去纯洁无瑕，宛若理想的美之幻身，如同一个宁静平和的温柔梦境般虚幻缥缈。她上面无真实之物，无清晰实体之物，只有沉重的黑影，用它们无声持续的轻微活动填充着甲板。那影子比深夜还黑，比人的思想还躁动。

唐金独自一人，心怀怨恨地潜行在影子中间，心想着吉米的死拖得太久了。那天傍晚，瞭望台上的人报告说看到了陆地，船长一边调整着望远镜，一边颇为怨愤地对贝克先生说，我们一寸一寸地挣扎到了苏格兰西部的岛屿，却除了风平浪静什么也没盼到。天空晴朗，气压很高。轻风和落日一起歇下，巨大的平静引导着无风的夜晚，降临到大海温热的水面上。在还有日光的时候，水手们一直聚在艏楼顶部，看着东部天边的弗洛雷斯岛。它升起在大海铺展开的平面上，轮廓残破且不规则，犹如广袤荒芜的平原上的阴郁废墟。这是四个月以来，大家看到的第一片陆地。查理很兴奋，趁着大家欣喜、纪律松弛，他开始没大没小。船员们不知道为什么，很奇怪地感到振奋。他们成群地交谈着，用裸露的臂膀指点着。在整个航程中，这是第一次，吉米骗人的存在在稳固的现实面前，好像被暂时遗忘了。不管怎么说，我们已经到了这里。贝尔法斯特谈论着，引用想象中从这里到伦敦航行的最快实例。“那些轻快的水果船五天就能到，”他肯定地说，“你们想要什么呢？——只是一点小风而已。”阿奇认为七天是最短的航程记录，俩人骂骂咧咧但友善地争论着。诺尔斯宣称他从那里已经能够闻到家的味道，重重地歪在他那条短腿上，笑个不停，简直要笑破肚皮。一群灰发的水手面色凝重又全神贯注，默默地向远处看了一段时间。一个人突然说:“现在离伦敦不远了。”——“到岸上的第一天晚上，如果不吃牛排和洋葱当晚饭，算我没说……还有一品脱苦啤。”另一个人说。——“你是说一桶吧？”有人喊道。——“一天三顿汉堡加鸡蛋，这是我的活法！”一个兴奋的声音大声喊道。水手们躁动着，对这个提议表示赞赏。他们的眼睛开始放光，嘴巴开始大口咀嚼，发出紧张大声的笑。阿奇只独个儿矜持地笑着。辛格尔顿到了艏楼顶上，漫不经心地看了一眼，又一言不发地下去了。他漠不关心，像是已经见过弗洛雷斯岛太多次了。在黑夜里，船从东向北航行，逐渐把高地这个紫色的点,从平静的天际清除了。“死一般平静。”有人静静地说。欢快的低声交谈突然动摇了，消失了。人群四散开来，水手们开始一个个地走开，慢慢地下了楼梯，面色阴郁，仿佛一下冷静了，重新意识到他们对无形力量的依赖。当大大的黄月亮，从清晰的地平线清晰可见的边缘温柔地、缓缓地升起时，它发现船被令人窒息的沉默包裹着。一艘无所畏惧的船，好似在可怕的沉睡的大海上做着无梦的酣睡。

平静、船、海激怒着唐金。大海在四周延展着，融到一切创造物无边无际的沉默里，说不出的怨愤让他一下停了下来。他受到了身体上的威胁，但受伤的尊严仍旧顽强不屈，只是被撕裂的情感无法愈合。现在，已经见到陆地了——马上到岸了——领不到多少薪水——没有衣服——更多劳苦。这些都多么令人厌恶。陆地，陆地会把生病水手的命吸走。那个黑鬼有钱——有衣服——舒适的日子，不愿意死。陆地会把生命吸走。……他感到很受诱惑，想去看看是不是这样。或许早已……那倒是走运了，那家伙的箱子里有钱。他快速地走出阴影，进到月光里。他饥饿又充满渴望的脸，立马从灰黄色变作了青灰色。他打开舱门，吓了一跳。确定无疑，吉米死了！他双手紧扣着，一动不动，就像石棺盖上刻的横躺着的石像。唐金双眼发出贪婪的光。吉米没动，但眨了眨眼，唐金又吓了一跳，那双眼睛很骇人。他温柔小心地把身后的门关上，同时密切关注着詹姆斯·韦特，像是他冒着很大的风险进到那里，目的是告诉他一个惊人的重要秘密。吉米没有动，但有气无力地从眼角瞥了一眼。——“风平浪静？”他问。——“是的。”唐金说，他非常失望地坐到了箱子上。

吉米习惯了这样的拜访。不管白天还是晚上，在任何时间，水手们都会一个接一个地来了又去。他们用清晰的嗓音说话，说着欢快的话，重复着老笑话，再听吉米说什么。每个人，在走出去的时候，都好像留下了一点自己的生气，交出了一些自己的气力，像续缴了一份生命的保险。生命，这不可摧毁的东西！吉米不喜欢一个人待在舱室，因为一个人的时候，他好像觉得自己根本就没待在里面。里面什么也没有，没有疼痛，至少现在没有。一切完全正常——但是，如果旁边没有人看着，他就无法享受自己的健康和休养。唐金和其他人没什么区别，同样派得上用场。唐金偷偷地看着他。——“很快到家了。”韦特说。——“你为什么低声说话？”唐金感兴趣地问，“就不能大点声？”吉米看上去被惹恼了，好大一会儿没说话，然后用死气沉沉、含糊的声音说：“我为什么要喊呢？据我所知，你不聋。”——“哦！我是能听见。”唐金低声回答，看着地面，他难过地想着要出去。这时，吉米又开口了：“我们真到家的时候……要吃点像样的东西……我总觉得饿。”唐金突然感到很生气。——“那我呢？”

他嘶哑地说："我也饿，但还得工作。你，饿！"——"你的工作累不死你，"韦特虚弱地评论说，"下铺上有几块饼干，你可以拿一块吃。我吃不下。"唐金一下俯身进去，在角落里摸索，再起来的时候，嘴巴里已经塞得满满的了。他用力地嚼着。吉米像是睁着眼睛就睡过去了。唐金吃完饼干，站了起来。——"你不是要走吧？"吉米眼睛盯着舱顶，问道。——"不。"唐金不假思索地说。他不仅没有走出去，反倒靠在了关着的门上。他看着詹姆斯·韦特，发现他很长、很瘦、很干瘪，好像他全部的肉，都被这间白色火炉里的热量烤干了，贴在了骨头上。一只手干瘦的手指在床边轻轻地移动着，演奏着循环往复的乐曲。看着他很让人气恼，也很让人疲惫。他能一直这样活很多天，他让人无法忍受——既不完全属于生，也不完全属于死。显然，他对两者都无知，也因此完全不受伤害。唐金忍不住要启发他。"你在想什么？"他粗鲁地问。詹姆斯·韦特扮着鬼脸笑了一下，这笑容掠过他瘦骨嶙峋的脸，那上面是死一般的无动于衷。这令人难以置信，又很可怕，如同梦里见到的那样：一具尸体突然笑了。

"有一个女孩，"韦特耳语道，"坎顿的街头女孩。——为了我——她和伦尼船上的三管轮断绝了关系。她做的牡蛎，正合我的胃口……她说——为了一个有色绅士，就是我——她愿意抛弃——任何有钱人。……我对女人很温柔。"他补充说，声音稍稍大了一点。

唐金几乎不敢相信自己的耳朵，很震惊。“她真那么做了？你对她一点好处都没有。”他非常恶心地说。韦特根本没听他说什么，他正大摇大摆地走在东印度码头路，和气地说：“来享受美餐吧！”他推开玻璃旋转门，在桃花心木的柜台上，在汽灯的光里，摆出超级自信的姿势。——“你觉得你能撑到岸？”唐金愤怒地问。韦特一下被惊回到现实。——“十天。”他立马说，然后又马上回到记忆里，在那里不需要知道时间。他觉得舒坦平静，安全地隐退自己，任何重大的不确定都碰不到他。在他完全的歇憩里时光悠长，有一种永恒不变的品质在里面。他非常安静，非常自得，沉浸在鲜明的记忆里，开心地误以为那是不可置疑的未来影像。他谁都不在乎。唐金模糊地感受着这一切，就像一个黑暗中的盲人，感受着对周围一切存在致命的敌意。对于他来说，这一切永远都无法实现，无法看见，令人艳羡。他有一种欲望，想要显示自己的重要，想要打破，想要摧毁，想和每一个人、就每一件事扯平，想要撕碎面纱、砸掉面具、曝光一切、不留退路——一个背弃忠信的欲望！他气急败坏地、嘲讽地大笑：“十天！如果我信你，就瞎了眼！……你可能明天这个时候就已经死了。十天！”他等了一会儿。“你听到了吗？别怪我说，你看上去早就是个死人了。”

韦特一定是在积蓄力量，因为他几乎是大声地说：“你是个发臭的、乞食的、说谎的人。人人都知道你的德行！”他不顾一切地坐了起来，把他的客人吓坏了。但唐金很快恢复了正常，咆哮道：“什么？你说什么？谁是说谎的人？你才是——所有的水手都是——船长是——每个人都是，但我不是！装腔作势！你算老几？”他几乎被气呛了。“你算老几，想装腔作势，”他颤抖着重复道，“吃一块吧——吃一块吧，你说——你自己吃不下。现在，我要把两块都吃掉。老天——我会的！你什么都不算！”

他扎到下面的铺位里，在那里摸，拿出了另一块有灰尘的饼干。他把饼干在吉米面前晃着——然后挑衅地咬了一口。

“你能怎么样？”他厚颜无耻、极度兴奋地问。“你说，可以拿一块。为什么不两块都给我？不。我是条肮脏的狗。给肮脏的狗，只有一块。我就是要拿两块，你能阻止我？试一下，来啊，你试试。”

吉米紧抱着腿，把脸藏在膝盖上。衬衫紧贴在他身上，每根肋骨都清晰可见。他骨瘦如柴的背，因为费力的喘息而不停地抽搐抖动。

“你不要？你是不能！我说什么来着？”唐金恶狠狠地继续道，他急急地又干吞了一口饼干。吉米沉默的无助和虚弱，还有退缩的态度，令唐金恼怒。“你完蛋了！”他大喊：“你是谁，需要对你撒谎、服侍你、害怕你，好像你是个该死的皇帝。你是个小人物。你什么都不是！”他说得如此急促，用的气力如此之大，又是如此坚定，说完后，整个人从头到脚都在抖，颤动得像刚刚被松开的弹簧。

詹姆斯·韦特再次振作起来。他抬起头勇敢地转向唐金。唐金看到一张奇怪的脸，一张陌生的脸，一个奇异的、扮着鬼脸的面具，上面写满了绝望和愤怒。它的双唇急速地抖动着，空洞的、悲啼的、带着哨响的声音填满了整个舱室，模糊的咕哝声满含恐吓、抱怨和哀伤，就像远处旋起的风在低语。韦特摇着头，翻着眼睛，他否认、诅咒、威胁，但没有一个字有足够的气力，通得过那黑色的、痛苦噘起的嘴巴。他的话难以理解，令人不安，那是饱含着强烈情感的胡言乱语，是一场狂乱无意义的演出，请求着不可能的东西，承诺着神秘莫测的复仇。这让唐金冷静下来，审慎地观察着。

“看到没？你叫不出来。我跟你说什么来着？”唐金认真观察了一会儿之后，慢慢地说。另一个却听若未闻，不顾一切地继续着。他激动地点着头，可怕的、怪诞的大白牙闪着光，咧嘴笑着。唐金，好似被这个黑色魅影无言的流畅和愤怒迷住了，他走近，带着不信任的好奇伸长了脖子。他好像突然觉得自己只是在看一个人的影子，高高蹲伏在上铺与他眼睛相齐的地方。“什么？你说什么？”他问道。他仿佛在持续喘息的嘶鸣里，捉住了几个词的形体。“你要告诉贝尔法斯特！是吗？你是个该死的孩子吗？”他惊慌愤怒得发抖。“告诉你奶奶！你害怕了！你比谁都胆小，不是吗？”他热情地感受着自己的重要性，但这种感觉伴随着最后一丝谨慎逃跑了。“告诉他吧，然后你去死！告诉他吧，如果你能的话！”他大喊着。“给你舔背的那些人，对我还不如对一条狗。他们怂恿我造反，只是为了出卖我。我是这里唯一的好汉。他们敲打我、踢我，而你大笑，你这烂透了的黑货。你！你要付出代价。他们给你他们的食物，他们的水——你要付出代价，都付给我，我对天发誓！谁会问我喝不喝水？那天晚上，他们把自己该死的破烂披在你身上，可他们给我什么了——一个大嘴巴子——去他们的……天助我！……你要付出你的钱。我一会儿就去拿，你一死我就去拿，你这个无用该死的家伙。我就是这样一个人。而你，只是个东西——一个该死的东西。哼——你这个死尸！”

他把手里一直紧攥着的饼干朝吉米的头扔过去，但只是擦到了，却很响地砸在了更远的船壁上，像颗手榴弹一样炸开了，成了飞舞的碎片。詹姆斯·韦特像是受了致命伤，倒在了枕头上。他的嘴唇不再动，翻动的眼睛安静了下来，紧张地、安稳地、固执地向上瞪视着。唐金很惊讶，他突然坐在了箱子上，眼睛看着地，精疲力竭，神情沮丧。过了一会儿，他开始喃喃自语：“死——可怜虫——死。有人也许会进来……我希望自己喝醉了……十天……牡蛎……”他抬起头，说得更大声：“不……不再是你的了……不再有该死的女孩，给你做牡蛎……你算什么？现在轮到我了……我希望自己喝醉了。我马上就送你上路，那才是你要去的地方。在一个窗口，脚先下……扑通一声！就再也见不到你了。掀到海里！这对于你来说，已经够好了。”

吉米的头轻轻地动了一下，他把眼睛转向了唐金的脸。那眼神传达着无法相信、凄凉和哀求，就像一个孩子被关黑屋子的威胁吓到了。唐金坐在箱子上，用充满希望的眼睛看着他。然后，没有起身，试了一下储物箱的盖子。箱子是锁着的。“我希望自己喝醉了。”他咕哝着站起身，焦急地听着远处甲板上的脚步声。脚步声近了——停下了。有人在门口没完没了地打哈欠，懒懒的脚步声拖着走开了。唐金狂跳的心舒缓了一些，当他再看向上铺的时候，吉米还像之前那样，盯着白色的横梁。——“你现在觉得怎么样？”他问。——“不好。”吉米吐出了一个词。

唐金耐心地坐下，居心叵测。每半个小时，钟就在整条船上彼此唱和。吉米的呼吸如此急促，无法计数；如此微弱，几乎听不到。他的眼睛充满恐惧，仿佛在观看说不出的可怕场景。从他的脸，能看出他在想糟透了的事。突然，他用令人难以置信的、有力的、让人心碎的声音哭着说：“掀到海里！……我！……老天！”

唐金在箱子上稍稍扭动着，不情愿地观看着。詹姆斯·韦特一言不发，他的两只长长的、骨瘦如柴的手朝上捋着毯子，好像想要把它掖到下巴底下。一滴眼泪，一滴孤独的泪水，从他的眼角滑落，没有碰到凹陷的腮帮，直接落到了枕头上。他的喉咙里发出咯咯的声响。

唐金看着可恨的黑鬼生命临近终点。一想到自己总有一天——或许也要经历这一切——像吉米这般艰难，他感到了一股巨大的悲伤，这悲伤痛苦地攫住了他的心，他的眼睛随之湿润了。“可怜的家伙。”他低声说。夜晚好似一闪即过，他觉得可以听到珍贵的分分秒秒不可挽回地向前奔流。这该死的事什么时候才能结束呢？当然是太久了。不走运！他无法拘管自己，于是站了起来，靠近铺位。韦特没有动，只有他的眼睛仍像是活着的，还有他的手，可怕地不知疲倦地继续着捋平的动作。唐金靠上去。

“吉米。”他低声叫。没有回答，但咯咯声停了下来。“你能看见我吗？”他颤抖着问。吉米的胸脯起伏着。唐金眼睛看着别处，把耳朵凑近吉米的嘴唇边，听到了一个声音。那声音仿佛是一片干树叶被风吹着在海滩平滑的沙子上小跑，发出沙沙的响声。“光……油灯……和……灭了……”韦特吐出了这几个字。

唐金本能地回头去看闪耀的火焰。然后，眼睛仍然看着别处，伸手在枕头下面摸，他要找一把钥匙，一下就找到了。接下来的几分钟，他哆哆嗦嗦地跪在地上，迅速地忙着在箱子里翻找。当他站起来的时候，他的脸——生平第一次——泛起了一阵粉红——或许源于胜利和欢欣。

他把钥匙放回枕头下面，避免看吉米。吉米没有动。他干脆地从铺位转身，开始向门口走去，像是得走上一英里。而实际上只第二步，他的鼻子就碰到了门。他谨慎地抓住把手，但就在此时，他有一种无法抵制的感觉，好像背后有什么事情在发生。如同被人拍了一下肩膀，他猛地转过身，正好看到韦特的眼睛突然燃烧，而后熄灭，就像两盏灯被同时打翻了。有根红线一样的东西，挂在他的嘴角——吉米停止了呼吸。

唐金轻轻地但坚定地关上了身后的门。睡着的人们，盖着外衣挤作一堆，在点着灯的甲板上形成了几个黑黑的不成样子的凸起，看上去像无人照管的坟堆。整个晚上没什么事，因此也没人找他。他一动不动地站着，完全震惊了：外面的世界，就像他离开时一样没有任何变化，还是那海、那船、那些沉睡的人。他怪诞地寻思着这一切，本以为会发现所有的人都死了，所有熟悉的事物都消失了，就像一个漫游者多年之后返归故里，期待着看到令人困惑的变化。清新的空气，吹透了衣服，让他战栗，他孤苦伶仃地抱紧了自己。西下的月亮难过地下沉，好像被苍白的黎明冷冷地一碰，枯萎了。船睡着了。不老的海延展着，广袤而模糊，一如生命的影像，有着闪光的表面和黑暗的深处。唐金肆无忌惮地看了它一眼，悄无声息地溜走了，仿佛接受了它无边伟力静默而威严的审判，渐被放逐。

吉米的死，终究带给人无比的震惊。直到此时，我们才知道，自己对他的幻想投注了多少信仰。我们根据他本人的判断，相信他的生机；他的死亡，犹如一个古老信仰的破灭，动摇了我们社会的根基。共同的纽带没有了——一个强大有效、令人尊敬的纽带——一个感伤的谎言没有了。一整天，我们无心工作，看上去疑神疑鬼，但又幡然醒悟的模样。我们心里想，就过世这件事来说，吉米的行为乖张而不友好。他没有像船友应该做的那样，给予我们支持。我们带着人性的满足，运用我们的愚蠢，造就了一个阴郁庄严的影子，作为命运温和的仲裁，而他的离开带走了这一切。现在，我们看清楚了，根本就没有这回事，只是我们共同的愚蠢罢了。如果帕德默是对的，那么，我们对有庄重意义的问题做了愚蠢而徒劳的干预。或许他是对的呢？疑惑在吉米走后依然存在。我们像一伙罪犯，被恩典一碰就散伙了，而后是彼此深深地憎恶。即使对最好的朋友也没有好声气。有些人则干脆不说话，只有辛格尔顿不惊讶。“死了——是吗？当然了。”他说，指着正横方向的岛。风平浪静仍然像魔咒一样捆绑着船，使她未曾离开弗洛雷斯岛的视线。死了——当然，他不惊讶。这里是陆地，那里，在前舱门口等着补帆匠的，是尸体，因和果。这是整个航程中的第一次，老水手变得欢快而饶舌。他从经验的库存里给我们举例，解释病人如何在看到岛屿的时候（哪怕是很小的一个）一般都会毙命，甚至比看到大陆还厉害，但他没法说清楚为什么。

吉米会在下午五点下葬。要等到那时，真是太漫长的一天——心神不宁的一天，甚至是肢体冲突的一天。我们对工作提不起兴趣，自然会招来训斥。但被骂，尤其是在人人饥饿而焦躁的情况下被骂，是很让人气恼的。干活的时候，唐金的额头缠着一块脏兮兮的破布。他看上去如此可怕，贝克先生居然动了恻隐之心。看着他如此难受还勇敢工作，大副说："哎！你，唐金！放下手里的活，去休息一个班点。你看上去好像生病了。""我的头，长官——很痛。"他驯服地说，立马消失了。这让很多人气恼，他们觉得大副今天仁慈得很。大家看到阿里斯顿船长站在艉楼上，观察着西南方向的天空。甲板上的人很快就知道了，气压表昨天夜里开始下降，可能不久就会有风了。缘着这一点，进而微妙地联系到其他想法，导致了激烈的争吵——就吉米之死的具体时刻，大家争论不休。是在"表开始下降"之前，还是之后呢？这无从确知，致使水手们彼此蔑视地咆哮。突然，船头起了巨大的骚乱，平和的诺尔斯和好脾气的戴维斯竟然因此动起了拳头。下面那班人热情地加入进去，有十分钟的时间，在舱口周围起了嘈杂的混战，而吉米的尸首被白色的被单包裹着，躺在船帆平稳的阴影里，由悲伤的贝尔法斯特守护着。贝尔法斯特心情忧伤，他鄙视周围的打闹。在喧闹停止、盛怒转为暴躁的沉默之后，他在包裹着的尸体前站起来，高高举起双臂，痛苦愤怒地喊道："你们应该为自己感到羞耻！……"的确如此。

吉米的死让贝尔法斯特非常难过，他表现出了不竭的忠诚。吉米即将被庄严地沉入那永不知足的大海中，是他，而不是别人，帮着补帆匠做好准备。他小心地在脚部放好重物：两块甲板磨石，一个丢了栓的旧锚卸扣，一些尾锚锚链磨损断裂的铁环。他先把它们这样放，又那样放。“我的天！你不怕他擦破脚吗？”补帆匠说，他恨手头这件事。他缝着针，使劲儿地抽着烟，头笼罩在烟草喷出的云雾里。他把布脚翻上来，拉着帆布，扯着针线。“抬一下肩膀……往你那边拉一下……对，这样，这样。稳住。”贝尔法斯特听从着，拉着，抬着，强忍住泪，不让它们掉在涂了焦油的线上。“补帆匠，你可别把他脸上的布拽得太紧。”他请求道，满眼是泪。——“你自寻什么烦恼？他够舒服的。”补帆匠担保说，缝完最后一针，剪断了线，正好在吉米额头的中间。他将剩下的帆布卷起来，把针收了起来。“你为什么这么当回事？”他问道。贝尔法斯特低头看着灰色帆布打起的长包裹。“是我把他拉出来的，”他低语道，“他不想死。如果昨天晚上有我陪他，他会为了我活下去的……但不知道是什么东西让我觉得很疲惫。”补帆匠使劲儿地抽着烟，含糊地说：“在……西印度站……在‘布兰奇号’巡防舰上……发生了黄热病……我一个星期缝了二十个人……朴茨茅斯-德文波特人——城里人——知道他们的父母、姊妹——所有的人都不觉得有什么。像这样的黑鬼——你不知道他们从哪里来，有没有亲人，对谁都没什么用。谁会想他呢？”——“我会——是我把他拉出来的。”贝尔法斯特沮丧地哀悼着。

詹姆斯·韦特显然是认命了。他被放在钉到一起的两块木板上，身上盖着白边、带折痕的英国国旗，由四个人抬到了船尾，慢慢地放下，脚朝着一个开着的船侧通口。从西边来了一阵浪，随着船的颠簸，降到桅杆中间的红色旗帜一下扯了起来，然后又在灰色的天空下垂了下来，如同摇曳的火舌。查理敲响了钟。船每一次向右倾斜，右舷一侧便涌动起大半圈钢铁般的水，好似要冲向船侧通口，急不可待地把我们的吉米带走。除了唐金，每个人都在场；他病得太厉害来不了。船长和克莱顿先生没有戴帽子，站在艉楼楼梯口，贝克先生得到了船长的授意。船长严肃地对他说："对祷告书，你知道得比我多。"大副快速地从船舱走出来，有点窘。所有的人都摘下了帽子。他用惯常的、并无恶意的、稍带威胁的方式开始低声朗读，仿佛是最后一次轻轻批评躺在他脚边的这位往生者。水手们散作几组，听着。有人靠在横栏上，盯着甲板；有人若有所思地托着下巴；有人双臂交叉在胸前，一条腿弯着，站在那里思考；瓦米波依旧做着梦。贝克先生继续念着，每当翻页的时候，便心怀虔敬地嘟哝一下。这些祷告词，错过了水手们不稳妥的心，翻滚出去，在无心的海上做着无家的漫游。詹姆斯·韦特永远不会再发声了，他在夹杂着绝望和希望的粗哑的低语声里，不加评判地、没有生息地静躺着。

有两个人准备好了，等待着那些最后的话语。正是这些话，把我们如此多的兄弟送向他们最后的一跳。贝克先生开始念这一段。“准备好。”水手长低声说。贝克先生念到“沉入大海”,停下了。水手们把船内这边的木板举起来，水手长取下了国旗，但詹姆斯·韦特没有动。——“再高点！”水手长生气地低语道。所有的头都抬了起来，每个人都不安地挪动着，但詹姆斯·韦特一点要走的迹象都没有。人已死，也已经为永久打好了包，但他仍然被不死的恐惧紧抓着，不肯放开船。“再高点，举起来！”水手长凶狠地说道。——“他不走。”其中一个人哆哆嗦嗦、结结巴巴地说。两个人好像都准备好了撒手不管。贝克先生把脸埋在了书里，紧张地移动着他的脚，等待着。所有的人都感到深深的不安,在他们中间,一个微弱的嗡嗡声传出——变大。……“吉米！”贝尔法斯特哭号，大家又是一阵颤抖的惊慌。

“吉米，做个男人！”他激昂地尖叫着。每一张嘴都张大了，没有一个眼皮在眨。他疯狂地看着，全身扭曲着，他向前弯着身体，像一个人凝视着恐惧。“走吧！”他大叫着，伸开双臂从人群中冲出来。“走吧，吉米！——吉米，走吧！走！”他的手碰到了尸首的头，灰色的包裹不情愿地开始下滑，一下就从举起的板条上滑了下去，快如闪电。人群同时向前，深深的“啊”声从宽阔的胸膛里颤抖着发出来。船颠簸着，好似摆脱了不公正的负担，船帆拍打起来。贝尔法斯特被阿奇扶着，歇斯底里地喘着气。查理急着要看吉米的最后一跳，一下跳到栏杆旁，但还是太迟了，除了正在消失的涟漪的微弱波晕，什么也没看到。

船帆抖动着，兴奋的人群深沉地低语着。贝克先生汗流浃背，读出了最后的祷告词。“阿门！”他用颤巍巍的低吼声说道，然后合上了书。

“扯正帆桁！”在他头顶，有个雷鸣般的声音响起。所有的人都吓了一跳，有一两个人手里的帽子都被吓掉了，贝克先生惊讶地抬起头。船长站在艉楼楼梯口，指着西方。“来风了，”他说，“到迎风的支索就位。”贝克先生匆忙地把书塞进口袋。——“向前，那边——放开前下角索！”他高兴地招呼着，没戴帽子，轻松而快活。“左舷更，把前桅最下部的帆桁扯正！”——“顺风——顺风，”水手们一边赶往支索，一边咕哝着。——“我跟你们说什么来着？”老辛格尔顿含糊地说，快速而有力地甩下一捆捆绳子。“我早知道——他一走，风就来。”

风裹挟着高傲有力的叹息而来。帆张满了，船加速前进。醒来的大海开始对着水手们的耳朵困倦地低语着家的声音。

那天晚上，当船顺着增强变冷的风、一路喷着泡沫往北冲的时候，水手长在小副官们的铺位前，敞开了心扉。“那家伙除了制造麻烦，一无是处，”他说，“从他上船的那一刻就是如此——你们还记得吗——那天晚上在孟买的时候？一直欺负这群软心肠的人——对船长无礼——我们还傻傻地在一艘要翻的船上冒着生命的险去救他。在那个该死的晚上，又差点因为他发生叛乱——而现在大副像训贼一样训我，嫌我忘记在板上涂些油。

其实我涂了，但你们本也该留心，不该让个钉子卡在那里——嘿，是小木片？”

“你们本来也该明白些，不应该为了他，把我所有的工具都扔到海里，就像一帮胆小怕事的新手，”木匠郁闷地反驳道，“好吧——现在，他也跟它们去了。”他用无法原谅的语气补充道。——“我记得在中国舰队上，有一次舰队司令对我说……”补帆匠开始了他的故事。

一个星期后，“水仙号”驶进了海峡。

她展着白翼，矮矮地掠过蓝色的海洋，像一只巨大的鸟，疲倦了，赶着回巢。洁白巨大的云朵在船尾升起，追赶着她的桅顶，飞到最高，奔驰而过，跌下天空中那宽广的弧线，像是一头冲进了海里——云朵快过船，也更加自由，但没有家。欢迎她的海岸从空中走来，进到了阳光里。高高的海岬主子般踏进海里，宽宽的海湾在阳光里微笑。无家可归的云朵，在大地上投下影子，一会儿奔跑在洒满阳光的平原上，一会儿越过山谷，一会儿滚下山坡，还不加收敛地一下冲上了山，而阳光用一块块奔跑的亮光追逐着它们。在黑色悬崖的边缘，白色的灯塔射出光柱。海峡闪着光，像一件闪耀着金光的蓝色斗篷，但主角是覆满大海的银光。“水仙号”一路急冲，掠过了海峡和海湾。出海的船只侧着身，跨过她的足迹，桅杆上收起了帆，与强劲的西南风艰苦搏斗着。在靠近海岸的地方，一串冒着烟的蒸汽船蹒跚而行。它们紧贴着岸边，像移动中的两栖怪物，不信任躁动的海浪。

夜间，海岬退去，海湾漫入绵延不尽的昏暗里，地上的光与天上的光交混。在拖网渔船队摇晃的灯笼之上，巨大的灯塔射出稳定的光，犹如一艘巨轮上燃烧着的大锚灯。在它稳定的灯光之下，海岸笔直漆黑地延伸着，好似一艘不可摧毁的船之高舷，静止地航行在永恒躁动的大海上。黑暗的大地独自卧在水中，犹如一艘强大的船，点饰着警觉的灯——一艘装载着数百万生命重担的船——一艘运送细煤与珠宝、黄金与钢铁的船。她高耸着，巨大而坚强，守护着无价的传统和未曾讲述的苦难，庇护着光辉的记忆和卑贱的忘却，还有卑微的德行和璀璨的罪业。一艘伟大的船！积年累月，大海徒劳地拍打着她坚韧的海岸。当世界更为广袤、更为黑暗的时候，当大海更为伟大、更为神秘的时候，她就已经在那里了，为大胆冒险的人准备好了荣耀作为奖赏。她是舰队和诸国的母舰！是民族伟大的旗舰，比风暴还要坚强，泊靠在无边的海上！

“水仙号”被近海的风侧吹着，转过了南福尔兰角，经过了白垩山丘，被拖进了泰晤士河。收敛起白色羽翼的光辉，她服帖地跟在拖船后面，行驶在似隐若现的航道迷宫里。在她经过红漆轻型船只时，她们在系泊处摇晃，好似瞬间乘着潮水快速向前，下一刻又被无望地抛在了后面。岸尾的大浮标低低地滑过她的身侧，落入她的航迹，像看家的烈狗一样扯着它们的链子。河段变窄了，陆地从两边向船靠近，她稳稳地沿河上行。在河边的斜坡上，房子成群地出现——像是从山坡上跑着下来看她经过，然后被近岸的淤泥阻挡，因而挤在了河岸上。再往前走，高大的工厂烟囱傲慢地排队出现，看着她经过，像一群队伍不整的瘦巨人，在黑色陡然落下的烟雾里，不可一世地笔直站立着，骑士般斜跨着。她抹过弯道，不纯净的风在她收紧风帆的桅杆中间呼哨着它们的欢迎。靠上前来的陆地，走到了船与海之间。

一片矮云悬在她面前——一朵巨大的、乳白色的、颤动的云，好似是从数百万人冒着热气的额头升起来的。长长飘动的烟雾，弄脏了白云的一缕，它随着百万人的心跳而悸动着，从中传出无限哀伤的低语，那是数百万双唇的低语，它们祷告、诅咒、悲叹、嘲弄，那是由焦躁大地之上的众人发出的，包含着愚蠢、遗憾和希望的绵延低语。

“水仙号”驶进了云雾里，影子加深了，四周全是钢铁的哐当声，包括了重击、尖叫和大喊的声音，黑色的驳船悄悄地行驶在阴郁的溪流上。疯狂、杂乱、污秽的墙，隐隐呈现在烟雾中，无所适从且哀伤，如同灾难的场景。拖船们后退，塞满了水面，它们要在船坞闸门处稳住船。有两根绳子，从船头呼哨着飞出去，狠狠地砸在地上，宛若两条蛇。有一座桥，仿佛施了魔法，在船面前断开。大大的液压绞盘开始自动转起来，好似被神秘罪恶的咒语驱动着。船穿过窄窄的、由花岗岩砌成的水道，拿着防松索的人们跟她同步走着，走在宽宽的石板上。有一群人急不可耐地等在已经消失的桥两边：粗鲁笨重、头戴软帽的壮汉，脸色灰黄、头戴礼帽的男子，两个光着头的女人，还有衣服破旧的孩子睁大了眼睛着迷地看着。一辆两轮运货马车摇摇晃晃地小跑而来，紧急刹住了车。一个女子朝着静默的船大喊：“嘿，杰克！”但并没有专门盯着某个人看，所有的水手都在艏楼顶上望着她。——“站开！让开那条绳子！”船坞的人喊道，俯身在石柱上。众人低语着，在原地跺着脚。——“放开你们的后甲板！放开！”码头上一位面色红润的老人大喊道。绳子溅着水花，重重地落进了水里，“水仙号”进了船坞。

石头砌成的岸朝左右两边笔直伸展开去，围起了一个幽暗的长方形的池子。砖墙高高地立在水面之上——一堵没有灵魂的墙，透过上百间窗户瞪视着。那窗户犹如喂食过量的野兽的眼睛。在墙角，巨大的钢铁起重机蹲伏着，铁链挂在长脖子上，在了无生趣的船只甲板上，平衡着面目可怕的钩子。轮子碾过石头的噪音、重物落地的撞击声、绞车兴奋的喧闹声和紧张的链条嘎嘎作响的声音混作一团，飘浮在空中。在高楼之间，来自各大洲的粉尘甚嚣其上。香水和尘土、香料和皮革、贵重物品和腌臜之物散发出的气味无孔不入，弥漫在空中，营造出既珍贵又令人作呕的氛围。“水仙号”轻轻地驶入自己的泊位，没有灵魂的墙把影子投在她身上，各大洲的灰尘跃上她的甲板，一群奇怪的人从四周爬上她的舷墙，以坚实的大地之名占有了她。她停止了生存。

一位身穿黑大衣、头戴高礼帽的有钱人，敏捷地爬上了船，来到二副面前，握了握他的手，说：“嘿，赫伯特。”他是二副的哥哥。一位女士突然出现，是位真正的淑女，身着黑色长裙，打着遮阳伞。她在我们中间显得极为优雅。好生奇怪，仿佛她是从天上下凡的。贝克先生手触帽檐向她致敬，原来是船长夫人。很快，穿着白衬衣、衣着讲究的船长，和她一起下了船。我们完全没有认出他来，直到他在码头上转身，冲着贝克先生喊：“明天早上，不要忘记给航海经线仪上发条。”许多狡诈的、样貌下流的人眼神躲躲闪闪，在艏楼内外游荡，要找工作——据他们自己说。——“更可能是看看有什么东西可偷。”诺尔斯兴奋地评论道。可怜的家伙，谁在乎？难道我们不是到家了吗？但是贝克先生打了一个对他无礼的家伙，这令我们高兴。一切都令人愉快。——“长官，船尾一切就位。”克莱顿先生喊道。——“长官，井里没有水。”木匠手里拿着测深杆，完成了最后的报告。贝克先生看了一眼甲板上翘首以待的水手们，向上看了一眼帆桁。——“哎！可以了，伙计们。”他嘟哝道。人群散了。航程结束了。

铺盖卷飞过了栏杆，捆好的箱子滑下了舷梯——不管是铺盖，还是箱子，都没几个。“其余的都在好望角巡游呢。”诺尔斯神秘地跟一个在码头上游荡的人说，他一下就跟那人混熟了。水手们跑着，彼此呼喊着，请完全陌生的人“帮把手抬行李”，然后在上岸前，突然郑重其事地跟大副握手。“再见，长官。”他们用不同的音调重复着。贝克先生握着硬实的手掌，友好地朝着每个人嘟哝，他的眼里闪着光。“管好自己的钱，诺尔斯。哎！钱管好了，很快就能讨个好老婆。”跛子很开心。——“再见，长官。”贝尔法斯特动情地说，紧握着大副的手，眼泪汪汪地抬头看着他。“我以为会带他一起上岸。”他伤心地说。贝克先生没有听明白，但和气地安慰道：“照顾好自己，克雷克。”悲伤的贝尔法斯特哀痛着，一个人跨过了栏杆。

船突然静了下来，贝克先生形单影只，来回走动着咕哝着，试着门把手，检视着暗处，操不完的心——模范大副！岸上没有人等他。母亲不在了。父亲和两个兄弟是雅茅斯渔夫，一起在多格滩淹死了。妹妹结婚了，很有太太的范儿，不怎么友善。她嫁给了一个小镇上的首席裁缝。裁缝也是镇上的头面人物，觉得做水手的大舅子不够体面，配不上他。“很有太太的范儿，很有太太的范儿”，他心里想着，在后甲板舱口坐了下来，休息了一下。有足够的时间上岸，吃口东西喝口酒，再去哪里找张床。但是他不喜欢和船分开，因为那样他就没什么可想的了。傍晚的黑幕降临到了空荡荡的甲板上，湿冷，带着雾气。贝克先生坐着吸烟，回想着一艘接一艘的船。在过去那些年里，他给了她们最好的照料。从来没有当船长的机会，一次都没有！——“不知怎么回事，我不是当船长的料。”他平静地沉思着。而看管船的人（他占据了厨房）是个视线模糊的干瘪老头，低声诅咒着他“游荡个什么”。——“而克莱顿，”贝克继续着自己并无妒意的思索，“颇是位绅士……有时髦的亲戚……能提拔。很不错的年轻人……再多一点经验。”他站起来，抖了抖身上的衣服。“我明天一早就来看舱口。我来之前，你不要让他们动任何东西。”他朝看船人喊。然后，终于他也上岸了——一位相当模范的大副！

一碰陆地，水手们就散开了。但是，又一次在运输事务所相聚。——“‘水仙号’领薪水！”一个僵化的老头，在一扇光滑的门外大声叫喊，他的帽子上饰有王冠和两个大写的字母“B.T.”。很多人立马走了进去，但也有不少人迟到。房间很大，粉刷成白色，里面没有多少家具，四处都是尘土。一个柜台，镶着超半圆拱的黄铜栏杆，挡住了房间的三分之一。在栏杆后面，有一个面色苍白的办事员，头发中分，眼睛发亮，显得很敏捷。只是，他的动作轻快但不平稳，就像一只被关在笼子里的鸟。可怜的阿里斯顿船长也在里面，坐在一张小桌前，上面堆着金币和纸币。被关在这间屋子里，他像是被驯服了。另一只同业公会的鸟，栖息在门边的一个高凳上：他是一只老鸟，不介意兴高采烈的水手们打趣他。“水仙号”的船员们散作了几撮，挤到了角落里。他们换上了岸上的新衣裳：考究的外套，看上去像用斧头做成的，发亮的裤子，仿佛是用有皱纹的铁皮缝制的，还有无领法兰绒衬衣和闪亮的新鞋子。他们拍着肩交谈，彼此询问："你昨晚睡在哪儿？"快乐地耳语，拍着大腿，不时爆发出压低的笑声。多数人的脸上很干净，容光焕发，只有一两个人进门的时候头发蓬乱、心情悲伤。两个年轻的挪威人看上去整洁温顺，是实打实的好料子，在"斯堪的纳维亚之家"，一定会受到和蔼的老板娘青睐。瓦米波依然穿着工作服，在屋子中间直直地站着，很魁梧，仍像是在做梦，阿奇进来的时候，他醒来笑了一下。那个十足清醒的办事员叫了一个名字，开始发薪水了。

水手们一个接一个来到付薪水的小桌前，为他们光荣却无名的劳作领取薪酬。他们小心地把钱扫进宽宽的手掌，信任地塞进裤子口袋，或者转身背对着桌子，费力地在僵硬的掌心里辨认钱币。——"钱数对吗？签名。这里——这里。"办事员不耐烦地重复道。"这些水手多蠢！"他心想。辛格尔顿走上前来，仪态令人敬重，但在公共的地方，他有些拿不准。他的白胡子上挂着几滴棕色的烟草汁；他的那双手，在大海伟大的光明里从未迟疑过，但在岸上深深的黑暗里，几乎找不到那一小堆金币。"不会写字？"办事员很震惊地说，"那就做个记号。"辛格尔顿费力地画了一个十字，把纸弄脏了。"多么可恶的老畜生。"办事员咕哝道。有人为他打开了门，这位父亲般的水手有些摇晃地走了出去，没有看我们任何人一眼。

阿奇炫耀着自己的钱夹，大家打趣他。贝尔法斯特看上去有些疯癫，好像他已经迎风驶进[①]了一两家酒馆。他的情绪有些激动，想单独和船长谈谈。船长很惊讶。他们隔着网格交谈，我们能听到船长说："我把它交给商会了。"——"我想留点儿他的东西。"贝尔法斯特咕哝道。——"不行，我的伙计。已经上交、上锁、封好并交给了海事局。"船长劝说道。贝尔法斯特退了回来，耷拉着嘴角，眼里透着不安。中间稍有暂停，我们听到船长和办事员交谈："詹姆斯·韦特——已故——没有任何档案——没有亲人——无迹可寻——海事局得收走他的工资。"唐金进来了。他看上去上气不接下气，但很严肃，一副办正事的样子。他径直走到办事员面前，神气活现地跟他交谈，办事员觉得他是个聪明人。他们你来我往地讨论着薪水，就像下赌注一样——彼此很友好。阿里斯顿船长给了他钱。"我给你的评语是'差'。"他静静地说。唐金提高了嗓门："我不想要你那该死的评语，自己留着吧！我要在岸上找工作。"他转向了我们。"不要该死的海了！"他大声说，所有人都看着他。他穿着更好的衣服，神态自若，比我们任何人都自在。他自信地盯着我们，享受着自己的宣言制造的效果。"是的。我有亲戚是有钱人，比你们强。而我是个真正的男人。不管怎么说，大家是船友。要不要一起喝一杯？"

① 原文为 luffed up，作者将人物比作一艘船，将随意地进入酒馆比作迎风驶进，是一种诙谐的表达。

没有人动。一阵沉默，沉默中是没有表情的脸和冷漠的目光。他等了一会儿，怨恨地笑了笑，走到门口。在那里他再一次转身。“你们不去？你们这群该死的伪君子。不去？我做过什么？我虐待你们了吗？我伤害你们了吗？我有吗？……你们不要喝酒？……不要！……那就祝你们渴死，你们这些狗娘养的！你们连虫子大的勇气都没有。你们是世上的渣子。干活——挨饿吧！”

他走了出去，摔门的力气如此之大，那只商会的老鸟差点儿从枝上摔下来。

“他疯了。”阿奇说。

“不！不！他醉了。”贝尔法斯特坚持说。

他蹒跚着，带着酒气。阿里斯顿船长笑着坐在那里，看着小桌上的钱发完了，若有所思。

来到外面，在塔丘上，水手们眨着眼睛，笨拙地犹豫着，像是被奇怪的带雾的光晃了眼，也像是眼前那么多的人让他们不安。这些在咆哮的狂风中能够听见彼此的人，好似被大地上忙碌、沉闷的吼叫弄聋了，心烦意乱。“去黑马酒馆！去黑马！”有人喊。“分手前我们喝个酒！”他们穿过了马路，紧随着彼此。只有查理和贝尔法斯特走开了。我赶上他们的时候，看到一个红脸的邋遢女人，裹着灰色的披肩，头发很脏、乱蓬蓬的，搂住了查理的脖子。

她是查理的母亲，溺爱他。“哦，我的孩子！我的孩子！”——“放开我，”查理说，“放开我，妈妈！”我当时正经过他，在又哭又闹的女人乱蓬蓬的头顶上，他冲我幽默地一笑，目光里是讽刺和勇气，很深奥，像是把我对生命的知识做了一番羞辱。我点点头，走了过去，但听到他又好脾气地说：“你如果现在放开我——会从我的薪水里得到一先令，买酒喝。”没走几步，我遇到了贝尔法斯特，他颤抖着急切地抓住了我的胳膊。“我没法跟他们去喝酒。”他结巴着说，点头示意那些吵闹的水手们，他们正沿路的另一边走着。“一想到吉米……可怜的吉米！一想到他，我就没有心情喝酒。你也是他的好友……但是我把他拉出来的……不是吗？他的头发很短。……是的，是我偷了该死的饼。……他不愿意走……谁都没法让他走。”他放声大哭。“我从未动过他一根指头——从来没有——从来没有！”他啜泣着说，“因为我，他像……像……一只羔羊一样走了。”

我轻轻地让自己脱了身。贝尔法斯特的哭泣一经发作，定会以找人打架完事，我并不乐于承受他无法慰藉的悲痛所造成的重击。而且，两个大块头的警察就在旁边站着，用不赞成的、无法收买的目光看着我们。“再见！”我说，继续自己的路。

但在街角，我停了下来，看“水仙号”上的水手们最后一眼。他们在造币厂前面的大石板上摇晃着，踌躇不前，聒噪嘈杂。他们要去黑马酒馆。在那里，戴着皮帽子、穿着长衬衫、满脸凶相的人，会从涂了清漆的桶里，为南去船只领到薪水的船员们倒出力量、欢乐和幸福的幻影，也是诗意和璀璨生活的幻影。从远处，我看到他们在交谈，眼神里是快乐，手势很笨重，而生活之海的声音如响雷般灌进他们的耳朵里，永无休止，无人留意。在白色的石板上摇晃着，被匆忙和喧嚣的人群包围着，他们像是另类的生物——迷茫、孤孑、健忘、劫数难逃。他们像被放逐的人，焦躁、快乐的放逐者，疯狂的放逐者——在暴风雨中作乐，在险恶的礁石上狂欢。城市的喧嚣犹如盖过头顶的巨浪的咆哮，强大无情，声音巨大，目标残忍。但在头顶上，乌云散开了，阳光喷射而出，洒到房屋污秽的墙上。一小撮黑色的水手，在阳光下移动。在他们左边，塔园里的树叹息着，塔上的石头发着光，像是在光的嬉戏中颤动，像是突然记起过去所有伟大的欢乐与创痛——都是这些人奋斗的样板：强征入伍，叛乱的呼声，河边女人的哭泣，男人凯旋的叫喊。天上的阳光，像是洒在泥泞大地上的恩典，洒在沉默而有记忆的石头上，洒在贪欲和自私上，洒在健忘之人焦躁的脸上。在这群黑色人影的右边，造币厂被玷污的正面由倾泻而下的阳光洗净了，片刻间挺立出来，洁白耀眼，就像童话里的大理石宫殿。“水仙号”的水手们走出了视线。

我再也没有见过他们。大海带走了一些，蒸汽船带走了另一些，其余的进了陆地上的坟墓。无疑，辛格尔顿带着他忠实工作的长长记录，沉入了不好客的大海平静的深处。而一辈子没好好干过一天活的唐金，则无疑会通过对工人生存权利的雄辩，谋得营生。顺其自然！大地和海洋各取所有。

一位逝去的船友，如同任何其他的人一去不返，我从未再遇到过他们中任何一个人。但有时，记忆的春洪会汹涌地涨起在九曲河黑色的弯流里。在孤独的河水之上，漂着一艘船——一艘影子般的船，水手都是逝去的人影。他们驶过，用影子般的叫喊声发出一个信号：难道我们不是一起，在不死的大海上，从我们有罪的生命里，绞出了某种意义？再见，兄弟们！你们都是好人。同其他好的人一样，你们会疯狂喊叫、捶打重重的前桅帆上抖动的帆布，或者在不可见的夜里，在被抛得很高的时候，对着西风的呼号声狂叫不止。

图书在版编目（CIP）数据

“水仙号”上的黑水手 /（英）约瑟夫·康拉德（Joseph Conrad）著；安宁译. —南京：译林出版社，2022.4

（康拉德经典）

书名原文：The Nigger Of The “Narcissus”

ISBN 978-7-5447-9074-1

I.①水… II.①约… ②安… III.①长篇小说 – 英国 – 近代 IV.①I561.44

中国版本图书馆 CIP 数据核字（2022）第 030725 号

“水仙号”上的黑水手 〔英国〕约瑟夫·康拉德 / 著 安 宁 / 译

责任编辑 宗珊珊
特约编辑 肖 瑶
装帧设计 鹏飞艺术
校 对 张兰坡
责任印制 贺 伟

出版发行 译林出版社
地 址 南京市湖南路 1 号 A 楼
邮 箱 yilin@yilin.com
网 址 www.yilin.com
市场热线 010-85376701
排 版 鹏飞艺术
印 刷 山东临沂新华印刷物流集团有限责任公司
开 本 640 毫米 ×960 毫米 1/16
印 张 12.5
版 次 2022 年 4 月第 1 版
印 次 2022 年 4 月第 1 次印刷
书 号 ISBN 978-7-5447-9074-1
定 价 42.80元